各
色

各色

于晓丹 著

重庆大学出版社

献给世奇

目录 Contents

2014–2015

盛世一剪

　　年底节日季，曼哈顿岛上三大高端百货公司按惯例又上演了橱窗秀。有点意外地，今年赛克斯五大道和波道夫古德曼[1]都选择了"二十年代"主题，来自 Erté 的灵感，Art Deco 展示风格，像极了从新版《了不起的盖茨比》电影上搬下来的。赛克斯百货公司从感恩节前三天起持续到新年的灯光秀，今年配置了 7.1 万只灯泡、1.1 万纵尺的花环。揭幕当日，还动用了最具美国文化特色的俗称大腿舞女，试图再现当年连"空气里都弥漫着欢歌与纵饮气息"的狂热，吸引上万纽约居民和外来游客驻足观看。

　　毫不意外，我又看到了大量的斜裁长裙。

　　要追忆那个美国人口里的"喧腾的二十年代"（Roaring

1　Saks Fifth Avenue，Bergdorf Goodman，纽约两大顶级百货公司。

Twenties）和法国人口里的"疯狂年代"（Les Années folles），还有哪一种服装形式比斜裁长裙更具说服力呢，它就是为迎接那场盛世而诞生的啊。只是今年，到了这条裙子能重新流行的时候了吗？

通常我们的衣服都是在布料的经线上直裁的。所谓斜裁（Bias Cut），则是把布料旋转45度，垂直线落在经纬线交叉位置上的裁剪方式。这样说如果太抽象，不妨拿一方手帕出来，对角折叠，那条折叠线就是斜裁的中心线。

普遍来说，斜裁由法国女装大师玛德琳·薇欧内（Madeleine Vionnet）于1920年引入服装设计后，立刻惊艳了巴黎并迅速向全世界蔓延。薇欧内却不认同此说，她曾向她的传记作者澄清斜裁技术早就有了，自己只是第一个把它用在了连身长裙上。她说的没错，斜裁的确很早就出现过，早到中国马山楚墓出土的编号N-1战国素纱锦衣，领口和袖口的缘边就是用本色生纱斜裁的，叫作"颇缘"[1]。不过，那条缘最宽处仅10厘米，且受当时布匹50厘米幅宽的限制，只斜了15度——跟薇欧内气势逼人的整身斜裁比，完全是一副"小农经济"的模样。

在我们描述斜裁长裙之前，先看看它出现的那个年

---

[1]　据沈从文先生《中国古代服饰研究》一书，"颇缘"一词源自《韩非子·十过》，有"蒋席颇缘"一语。可惜我未能查到更详细或进一步解释。

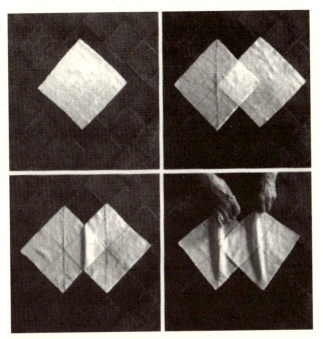

薇欧内制作斜裁方块拼布裙布料并列演示

份吧。"一战"刚刚结束，薇欧内也刚刚在巴黎重开自己那间关闭了四年的时装屋。有部《巴黎，疯狂年代》的纪录片，曾记录下那年的样子：战争虽已结束，很多男人却再也无法回到正常生活中了，各种伤病让他们走路不停颤抖，随时可能跌倒，每个人脸上都有至少一处器官缺失……影片开头的这组镜头相当震撼。如果说能不能活通常是男人的事，那怎么活就通常是女人的事了，于是我下意识的反应是：为了这些活下来的男人，女人们该以什么姿态活下去？薇欧内的斜裁长裙像是给这个问题的一个答案。

那条裙子是用丝绸做的！这是人们在她展示会上第一眼看到的。丝绸在当时还是相当昂贵的布料，只有贵妇们才买得起，所以要承受一定的道德谴责。可那件绸裙真靓丽，像附着在女人肉体上轻盈滑动的一层空气，远看近看，从不同角度、身体骨骼造成的不同弧度看，丝缕还闪着微妙的不同光泽。如此美的东西，难道不应放在阳光下晾晒并为所有人拥有？这样的想法后来成了那个"疯狂年代"的精神。

那件长裙平铺直叙，这是人们第二眼看到的，没有省道，也没使用纽扣、系绳、拉锁等手段，却能贴随身体自由飘逸。这是怎么做到的？同行们无不惊讶地注意到它奇特的裁剪方式：布料的经纬线在中心交叉，原本没有弹性的丝绸竟然拥有了巨大伸张力，借由丝绸自身的分量，像两股力从腰侧往腹部聚拢再垂坠，女人的腰于是更瘦，腹更平，胸和臀更隆起，衣料随之跌宕。更神奇的是，那件长裙没有任何捏折、抽皱或拼接，垂落后却散出宽阔的裙摆，形成均匀等量的波浪，随着女人的走动而生姿摇曳。

Bias cut！这个纯粹的服装技术名词很快风靡起来，像"疯狂年代"后来出现的几个名词（比如 Art Deco）一样，既理性又感性，既说技巧也说审美。在此之前，从没有一件长裙既华丽又这样具有神秘气质的迷人。

薇欧内的传记作者贝蒂·柯克（Betty Kirke）在 20世纪 70 年代，为进一步了解这件长裙，曾用布料和人偶自己动手还原其制作过程。虽然完全按照薇欧内的版型操作，可她发现，要达到她那样的效果困难极了。稍不小心就很难看，身体不完美的地方不但不能被弥补反而被强调出来，缝合处总是皱巴着怎么都弄不平整，裙子挂了一段时间下摆还会严重走形。这些技术问题让她大感头痛，到最后，她完全理解了，为什么每次她把薇欧内叫作"设计师"时，她的前同事们总要纠正她说：她是"技术师"。据他们回忆，这位技术大师的每一片斜裁、每一种拼贴都是她长时间在布偶上左摆右弄、一尺一寸精心计算出来的。

柯克还有另一个发现：斜裁会消耗更多的布料，甚至造成不少浪费。

以前沿纬线直裁长裙利用衣料幅宽，最多裁取两个身长即可；而为斜裁，薇欧内通常要多订近两米衣料。当时布料的标准幅宽是一米五，为了裙裾够长、裙摆有足量波浪，薇欧内特别让布料商把幅宽增加到两米。可幅宽越宽，对角折叠后，上下及左右要剪去的余料也就越多。斜裁是相当铺张的一种裁剪法。

不过那时候，铺张似乎不是问题，根据《纽约时报》顶尖外交记者麦考密克[1] 1921年写的一篇报道，法国政府甚至还责令设计师必须设计出需要使用更多布料的裙子呢，因为当时巴黎摩登女郎们的裙裾越来越短，已引起面料商的不满。他们向政府投诉说，这妨碍了法国布料业的发展。在法国这种"没有任何细节是不重要的"国家，事无小事，政府马上对裙子的长短和形状作出了干预。据麦考密克观察，干预立竿见影，没多久巴黎就开始看到拼加了侧片的大裙子、蓬松巨大的钟形袖，以及拖着长长的溜滑曳尾的晚礼服长裙等。

在描述这一股流行风尚时，大记者虽没提薇欧内的名字，可最后这句话还是让人不由会心地笑了。斜裁长裙

---

1 Anne O'Hare McCormick。这篇文章题为"也是一种外交纠葛"，刊登在1921年12月11日的《纽约时报》上。

和这次政府干预基本同时发生，会是因果关系吗？很难想象。我相信应该是一种巧合，因为，与薇欧内重新开业的时装屋同年，小说《追忆似水年华》的第二部出版，普鲁斯特在接下来的三年里，写完了这部共15册3200页的长篇巨作；那年，在大西洋另一边，虚构的盖茨比为追回失去的爱情，选中长岛一幢豪华别墅，正要揭开通宵派对挥金如土的大幕；同年，美国福特汽车公司生产出了第1500万部T型车，正要投产全新A型车；法国雪铁龙公司步美国后尘也迈进规模生产时代……总之，无论法国政府是否下令干预，那都将是一个只能用"大量""丰沛""极度"和"难以想象""目瞪口呆"等词形容的时代，是一个只要技术能达到就没有什么是审美不可以的时代。薇欧内几年后还奇迹般地在她的小人偶上，做出了一件由153块菱形斜裁布料拼起的及踝长裙。这裙子到底是如何完成的，至今还让设计师们颇费思量；不过，我敢断定，当她在小人偶上摆弄那一百多块斜裁料片时，心里想的肯定不是怎么才能多使用几码布。一个设计是否出于审美判断，就是不懂行的人也一看便知。

回头想，假如没有薇欧内这旷世一剪，服装业对于"黄金二十年代"的贡献，就只有香奈儿的套装和小黑裙，以及Erté的低腰裙了。没问题，要抗衡消费主义至上的杯觥交错、金铂钻镶，它们绰绰有余；可面对亮瞎眼的

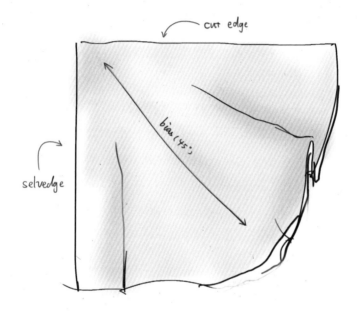

cut edge

bias (45°)

selvedge

全钢敞篷车、流光溢彩的克莱斯特大楼，以及烫手的电影、电话、留声机等，恐怕就有点势弱了。薇欧内挟斜裁被尊为"时装界第一人"，这是时装界给予机器工业革命最华丽的审美判断！

斜裁连身裙风靡了十几年，到"二战"时期陷入低落，低落的原因说起来也正与成就它的那些因素有关。一是战时能源紧张，屋里冷，轻薄衣物只好被收进了衣箱。二是战时丝绸又变回奢侈品，生产商只好用人造丝替代。可人造纤维怎么能跟经纬纱都强韧的丝绸比，衣服很快就荒腔走板了。

斜裁长裙当然并未就此消失，等到战争结束，后续设计大师们立刻重拾圭臬，电影明星们也迫不及待地要找回当年嘉宝、玛琳·黛德丽、赫本等人的女神范儿，从伊丽莎白·泰勒到内奥米·沃茨再到戴安·莲[1]都不断在银幕上留下了斜裁裙的曼妙身影。不过，像今年这样，这条裙子隆重地出现在美国最高端百货公司橱窗里的情形，我倒没能在历史档案里找到多少记载。

橱窗一直担当的是时尚流行报告的责任，这么说来，斜裁长裙是要重新流行起来吗？盖茨比这场怀旧风从前年

1 她们曾穿着斜裁长裙出演的电影分别是：伊丽莎白·泰勒《热铁皮屋顶上的猫》，内奥米·沃茨《金刚》，戴安·莲《不忠》。

翻拍电影到去年底刮进百货公司，如果是像王尔德说的不是为复古而复古，那是揭示我们又来到一个盛世了吗？

从华尔街数据看，2014年可以说盛世空前；盛世一剪在年底华丽归来也不奇怪，尤其是归到赛克斯五大道百货店，既合情也合理，因为那座大楼正是与盖茨比同年诞生的。不过，曼哈顿街面的底气似乎没那么足。麦迪逊大道上不少奢侈品牌店正在悄悄关张易手，Donna Karan甚至舍弃了她最心爱的那间带禅意后院的旗舰店，至少服装业的场面不十分好看。今年愿意用斜裁长裙装点橱窗的，也只有赛克斯和古德曼两家百货店，可它们是全纽约的贵之最，即使有来自大洋彼岸的中国富豪们鼎力相撑，对应的消费人口比例也仍然不会太多。

这个盛世说到底不同于盖茨比的那个盛世了，2008年的经济危机虽已远去，可留在心底的阴影并未消散；股市虽然强劲，却似乎没有多少那种挣到钱的兴奋。铺张就更不会了，浏览一下赛克斯官网，最贵的一件斜裁长裙3250美元，前后身还都有明显并非最符合设计逻辑的拼接，比起薇欧内在两米幅宽上实实在在的一剪到底，还是流露了顾虑成本的谨慎。因此一看就是用盖茨比时代的长裙来装点今天的盛世，终究让人心里有那么点不是滋味。这个盛世，不仅仅是铺张不再合时宜，而是在拥有财富以后，哪还会有盖茨比那样的傻瓜，不去找一个更新鲜的肉体，而是死也要追回已经结婚生子的黛西？巧得很，在盖茨比被重拍的同一年，小李子还主演了另外一部叫《华尔街之狼》的电影，那同样也是一场财富盛世，可所有纯真、所有情怀都被盛世洗劫一清了。

不过尽管如此，斜裁长裙终究是好看的。

不管我们变得多胖、多臃肿、多懒怠，至今为止，它仍然是最讨好女人身体的一种裁剪方式。在这刀盛世一剪之后，服装业再没出现过比它更具革命性的技术手段，因此每当盛世来临时，它都只好充当点缀的荣耀。只是戴安娜·弗里兰[1]说过，我们（时尚杂志的责任）不是要给予人们所要的，而是应该给予人们所不知道他们想要的。想当年，马山楚墓的"颇缘"没能成就盛世一剪，缺少的可能不是一个薇欧内，而是一个弗里兰女士吧。

2015 年 1 月
于纽约家中

1　Diana Vreeland，曾任美国版 Harper's Bazzar 与 Vogue 时尚编辑及纽约大都会博物馆服饰研究院顾问，被誉为真正的"时尚教主"。

02

省道：

投向女性心脏的一只飞镖

西方和东方着装理念有着明显的不同。西式服装强调贴身合体，而东方则讲究衣服与身体之间的空隙。我们看到一些随意又自然的服装，会立刻说，这是有东方气质的。如果懂点服装制作则会从技术的角度看，东方式服装有别于西式服装，往往在于不使用省道（省读作sang，三声）。

省道，这个读起来颇有点荡气回肠的东西是什么？

衣料本来是平面的，将它放置在凹凸起伏的人体上，两者之间会产生余量。将余量抹去以使服装产生立体效果的技术手段就是省道。简单地说，省道能让身体该高的地方高，该低的地方低。

不妨找出自己一件最普通的西式衬衫或西服吧。看看它的正面，胸部的上下左右多半会有一条甚至两条缝合线。翻到背面，如果将缝合线拆开，就能看出它是由一个尖、从尖岔开的两条略带弧度的腿边组成。两条腿边缝合以后，形状像一只尖锐的飞镖。省道的英文正是"飞镖"—— dart。

　　一般穿着者大概很少会留意这条缝合线，一是它通常细小隐讳；二是，这条线可以在设计师手下变出多种完成形式，完全失去飞镖模样。可无论怎么变化，它都是改变衣服结构的利器。一个放置精准的省道之于衣服，就像一个放置正确的句号之于文章，有锥心之力。这个说法并非完全修辞。由于女性的身体特点，女性服装最重要的省道大多位于女性乳房周围，如果画出连续的动图，的确像从肩、领、袖窿、胸口，或者从腋下、下摆处纷纷射向离女性心脏最近的身体最高点的飞镖。这只飞镖的位置和切入方式，可能直接决定着我们在镜子中看见自己时，会不会感叹说："啊，如果不能得到这件衣服，不如放弃生命吧！"

　　服装史上，让我们发出这种感叹的省道案例实在太多了，早年的西式服装大师，比如 Balenciaga、Dior，后继的 Givenchy、Yves Saint Laurent 等，个个都有美妙无以名状的省道流传下来。已故的 Alexander McQueen 在我看来是当代使用省道最伟大的设计天才。他在制作服装时，"喜欢把自己想象成拿着手术刀的整形医生"，他的很多

麦昆设计作品上的省道

省道的确如一把把锋利的手术刀在身体上划过。1997年的那件"la pupee"（玩偶）西装夹克，从肩头领口出发的两条逆向长省道，一刀划向心脏，利索得让人哀伤。

要说哀伤，今年九月，我在纽约时装周上还曾为Ralph Lauren的一条"法式省道"[1]落了泪。

那条省道出现在一条长裙上，从腰际侧缝指向胸脯最高点，再往下拉长，向后片继续延伸，经过臀部，最后消失在宽大的裙摆里。它看上去是那么精密，把女模特玲珑凹凸的身体曲线表现得圆润无余。长裙从我眼前飘过的一瞬，真让人有种"啊，终于又看到了一条完美省道"的久违的幸福感。幸福，是因为现在，不要说艺术的，就是技术讲究的省道都很难得了。法式省道因为是逆着肋骨方向，且比一般从肩或袖口处出发的省道长，要拿捏得当，设计师在模特身体上摸索的时间一定更多；若想把这只不能用直尺而只能用"法式曲线尺"[2]画就、略带弧度的飞镖缝到完全贴合胸脯曲线，不至于让女人

---

1 "法式省道"，French dart，名称来源跟法式曲线尺一样不明。

2 "法式曲线尺"，French Curve Ruler，是一种用金属、木头或塑料制作的、有多种曲线组成的模板，被用于手工画制各种不同的半径曲线。这些曲线的形状是欧拉螺线或螺旋曲线的一部分。根据现有资料看，法式曲尺是由德国人发明的。为什么被叫作"法式曲线尺"？据推测，有可能是因为最早由法国人生产，或者，最早被法国设计师使用。

产生乳房似乎被削掉一块的想象痛感，缝纫者付出的耐心也一定更多。

这大概正是现如今，只有在"高级定制"（haute couture）里才有可能看到完美省道的一个原因。因为只有高定设计师才有用模特做立体裁剪的可能性，才有相对的从容，缝纫工才有奢侈的耐心留意到省道微妙的弧度。而大众市场上的衣服，省道能做到基本贴合身体就很让人感激；快时尚服装里，有没有省道似乎都没人在意，更不要说它的好坏了。这只有锥心之力的飞镖，在今天，象征的意义似乎更大些，象征传统，传统的精神和对传统手艺的坚持。Ralph Lauren 那条法式省道，感动我的，其实就是老派设计师才有的那副倔强和固执，像他脸上的皱纹和老年斑一样。

时装周结束后，我曾去 Ralph Lauren 苏荷店跟经理聊天。她告诉我，直到现在，已是 75 岁高龄的 Ralph Lauren 在每场秀前，仍会亲手为模特试衣。Yves Saint Laurent 的晚年也是如此。若问设计师在设计过程中最幸福的时间段是什么？答案多半不是 T 台而是试衣。用那每一条手指纹路里都包含着磨砺了几十年技术的手，在模特身上最后一捏一折，成就衣服与身体最美妙的关系，还有哪个时刻比这个更让他享受呢。

当然不是所有衣服都必须使用省道。技术上讲，弹性面料或采用其他技术手段比如斜裁等，都能不用省道也能制造出贴合身体的效果。

至于观念上，用不用省道则是另一回事了。

20世纪七八十年代，东方生活方式在西方特别时髦时，连乔布斯都去印度朝圣，瑜伽盛行，讲究剪裁精准、紧合身体的服装就不再那么绝对主流，至少不再是西方时尚的全部了。所谓有"禅意"的服装风格越来越受追捧，出现了很多随意、宽松、自然主义的服装品牌。这类衣服当然都会选择不使用省道。我们的杭派服装也属这一类。

不过，因为风格而选择不使用省道，与因不会而不使用省道，效果是不同的。设计师当然对此心知肚明，穿着者其实也看得出来。优秀设计师们都有很多不用省道的作品，可看见它们的时候，你却似乎还能感觉到省道的存在，或者能感觉到它曾经存在过、最后被设计师有意放弃了的痕迹。常听女性朋友说，"我就喜欢那个牌子的衣服，它最适合我。"可那个品牌并没有多么奇特，恰恰相反，平淡简单。那么让她感觉适合的是什么？多半是那件衣服对她身体的关照。这个关照可能让她感到安心，也可能不安；帮助她掩盖脆弱、保护不完美，或者相反，夸大她的脆弱、袒露不完美。总之她一定从那件衣服上看到了设计师对身体与衣服之间关系倾注的心意。

在现今仍活跃的设计师里，山本耀司可能是最少使用省道的一位。他最重要的主张是衣服与身体之间留有空隙，让人感觉到空气的流动——他将其称为"间"。这个"间"的微妙，既形而下也形而上，让你既觉得妥帖又有一点点躁动。虽然很少使用省道，可是省道并非不存在，而常常可能是不稳妥的存在。我们穿着他的衣服看着镜子中的自己会犹疑："这是我要的样子吗？"可最后，它对你的撕扯、别扭、叛逆，让你的身体更无法将它放弃，就像无法放弃无论多么悲哀的生命一样。这可能是东方式服装最让人着迷的地方。

我自己也曾使用过模特试衣或者走台，有些模特因为瘦，胸几乎是负 A 罩杯。可是在试衣阶段，你并不能不对那个敏感的地方赋予关注，相反要更关注。从有取到有舍，投向女性心脏的那只飞镖必须更准确才行。

可要准确，就要有更强大的技术修为。衣服有省道，或者没有省道而仍有省道之力，后者对设计师的技术一定要求更高。许多设计大师，比如 Balenciaga、山本耀司等，都有一位做裁缝的母亲；McQueen 16 岁开始在裁缝店做工，Jean Paul Gautier 13 岁开始给祖母和母亲做衣服，Nicolas Ghesquiere 第一次剪了母亲的窗帘做衣服是 12 岁。似乎技术的修为越早开始，到了成熟期，设计师才越有能力锋利地表达自己，取舍自如。说到底，像山本耀司说的，"伴随并支撑设计师跨越他人生道路上的漩涡的只有他日积月累、熟练通达的技术。"否则，样子常常像口袋一样的东方式服装，就真的只能是一只面口袋而已，领口塌陷，胸前扁平，总是离合适欠那么一点点，更不要说"禅意"了。

禅的境界是无取舍，可无总是始于有，取舍，取过再舍，都相当辛苦，偷不得懒。在金基德的电影《春夏秋冬又一春》里，夏时成年男子离开孤岛上的小庙走入俗世，秋时又从俗世逃回，带了一脸戾气不说，还穿了一身条纹贴身毛衣，这件毛衣在彼时彼景下叫人对凡尘生出许多嫌恶。等到他剃掉长发，换上宽松素朴的灰布衫裤从庙门里再出来，面容才稍有平安之象。可是不经过乱取的俗，便无从领会无舍的禅。同样，不懂得省道的妙，便无法知晓抹去省道的用心。

佛说，万物皆缘，省道的缘就是万镖穿心后才有的妥帖吧。

2014 年 11 月
于纽约家中

03

我为什么要去东京逛街？（上）

日本通刘柠君要赴日开会，我虽刚从东京回来不过一周，还是动了跟他再去的念头。原因是他提到一个叫"日暮里纤维一条街"的地方，我竟全然不知，不立即弥补上这个遗憾实在无法心安。

"就为逛街吗？东京毕竟不是上海啊。"

没错，一个月之内两次去往同一座外国城市就为逛街，无论出于公还是出于私，做设计师十几年了都是从没有过的事。这个先例要开给东京，似乎也是赌了口气：上次去了十天、每天近十个小时不停地走，这座城市难道还有被我漏逛之街吗？

结果是，还有，而且仍然还有；再一次离开羽田机场时，我已经迫不及待在预定下一个下次的计划了。

但凡去过东京的人，多半对于我的"痴迷"都不会觉得奇怪，有同样感受的也一定不在少数。常听人说逛街是女人的天性，可看着那些拖着比自己都要大一倍的行李踏上返程却仍不亦乐乎的男人们，我无论如何都要对此说法投反对票。

"也许只是你居住的城市没有适合男性逛的街呢。"

我喜欢这样解释这一现象，因为不要说男性，就是适合女性逛的街在这世界上也所剩无几了。

迷恋去东京逛街的人这些年我遇到的越来越多，比如我的美国设计师朋友们，如果出差目的地需要在巴黎和东京之间做出选择的话，他们清一色都勾了后者。在北京偶然招呼过来送我去机场的出租车司机，听说我要去的是东京，竟会不由分说向我推荐起他刚刚从那儿买到的种种宝贝。在我看来，那些提着大包小包行李离开东京的人，无论行李里装的是马桶盖、电饭煲，还是像我一样买些奇奇怪怪的东西，或者两手空空，每张脸上挂着的傻笑其实都没有太大不同。没错，在东京逛街后就会有那样的表情：满足，兴奋，极度疲惫却仍意犹未尽。"一次美满的逛街就像一次美满的做爱啊"，不记得哪位诗人这样说过。狄更斯在外旅游时如果街道不够热闹也会惹他抱怨，因为那会导致他笔下的人物都缺乏生机。波德莱尔指责布鲁塞尔的诸多事物中，街道空空荡荡也算一条，因为他虽然喜欢孤独，喜欢的却是稠人广座中的孤独。而东京给予每一位逛它的人的，的确就像欲求久久不满后终于被满足的快感。

这种欲求不满的背后，正是全世界可逛的街越来越少了的现实。

记得两年前的感恩节后圣诞节前，我在纽约苏荷闲逛时逛进了 Emporio Armani，往年那个时候正是人流不止的样子，那一年却意外的门可罗雀。顺口跟店铺经理闲聊，他失望地告诉我那年他的营业额比前一年整整降低了 15 个百分点，而罪魁祸首他认为是 Armani 官网自己。他完全不能理解同一家品牌为什么要让网站与实体店竞争，愤愤不平道：弄得店铺没人逛了，难道不是自相残杀！对他倒出的苦水，我当时觉得很难给予安慰，网购的潮流那时可谓势如破竹，网上零售巨头亚马逊公司再一次打破销售记录的新闻正满天飞，哪个品牌不在趋电子平台的大势呢？可是今年，在逛过两次东京以后再回到纽约，这几天无论走进五大道还是铁熨斗区，我都对那位经理的惆怅产生了同情：生活在美国，逛街确乎是一件越来越可怜的事了啊，不要说 Emporio Armani 已经关掉了曼哈顿岛上的几家门店，Donna Karan 在麦迪逊大道上唯一一间带有后院的旗舰店也因为租约到期难以再续而被迫易址，其他资本支撑度更低的店铺消失的就更多了。纽约除了那些个千篇一律的连锁品牌，特别是快时尚连锁品牌，可逛的还有什么？！

这样的惆怅在从东京飞回北京时来得就更浓烈，因为，虽然美国亚马逊员工在"网络周一"（Cyber Monday）晚班十个半小时内，提取货物要在货仓里行走11公里，比平时多出不止5公里，已经达到可以导致生理和心理双重疾病的劳动强度，可这个数字比起中国刚刚过去的"双11"创造的900多个亿销售额的劳动强度，恐怕还只是太小的小巫。我不能说其结果是，只能说与此相对应的现实是：我曾经可以白天黑夜骑着车逛个没完的北京，不是连一处像样的、可以逛的街都没有了，而是几乎连一家可逛的店都没有了。

我们需要有街可逛吗？

关于逛街的好处，心理学家曾做过各种各样的分析，比如可以平息焦虑、缓解紧张；社会学家也从社会学的角度说，虽然逛街具有的治愈功能更容易为女性所用，可其最本质的，还是人们用来与他人发生关系的方式。对这种关系，无论男女，其实都有本能的需求。从不逛街的男人到了东京，即使对马桶盖、电饭煲这种只有实用性的东西也能立刻变得兴致盎然，不也正说明了这一点？只不过女性对这种关系的需要更直接一些罢了。

我们在逛街时购买任何东西的动机都与他人有关，比如父亲出门买菜，准妈妈为即将出生的宝贝选择衣物，即将工作的男生第一次为自己挑选西装；每一次逛街都在实现一次社会关系，也都有形无形地强化着一些社会形态链条，比如出门要乘车，逛累了要喝水，饿了要吃饭，补充能量之后才能继续，直到 shop to die。这样的过程绝不仅仅是买到或者买不到东西那么简单，每一次逛街行为背后其实都是一副活生生的社会生活画面，这才是人们离不开脚踏实地的逛街甚至为它着迷的原因。回想童年，被父母带着到前门大栅栏逛街是经常回忆起的甜蜜情景，除了在瑞蚨祥买到的那块绸布料让我记忆犹新，逛到精疲力竭时在力力餐厅排长队终于吃上烧卖的那口香也是我与父母之间不多的幸福回忆之一。正是这样的幸福，每一次父母承诺第二天要带全家出门逛街时，我那一夜都会激动到睡不着觉，而且还要默默祈祷脾气很大的弟弟不要第二天又弄出什么幺蛾子来坏了好事。

如今，这样的情景不会再有了，在完全不受控制、甚至还得到纵容的网购冲击下，大栅栏没了，瑞蚨祥落魄了，力力餐厅们也失去了好好起火做饭的可能。前门虽然修了那么一大片古色古香的商业街区，可能让它活起来的生命形态基础被掏空了，大厨们只能每天倚在门边吊儿郎当地抽着烟，后边的灶台只能留着半口气在那儿半死不活地烧着。把一切归咎于淘宝也许不公平，可淘宝们破坏的岂止是一种商业模式？不知有没有哪一位中国诗人为此写下点什么？

如果我们对比东京，对于这一种情形也许能看得更清楚些。

在全世界的街面商业都因为快时尚和电子平台的冲击而呈疲态时，东京为什么却能是个例外？

这一阵我频繁地在与东京一家布料商打交道，因为要购买一种印花棉布，必须跟他们了解很多信息。这家布料商是我上次去东京时在吉祥寺一家布铺里结识的，当时只互换了联系方式，以为回纽约后通过他们的官网再完善信息就可以了。谁知到纽约后才发现，这家官网简直形同虚设，要不是靠着我在东京它的店铺里拍照、做笔记拿到的那些详细信息，这次交易几乎没有可能达成。即使英文不够好，可以日本人的聪明和认真，完善一个官网会很难吗？

这次交易完成后，我提出希望能再购买另外一批花色，销售小姐这时这样热情地回复我：欢迎你再到店里来选购吧！而不是：到我们的官网上挑选吧。

不过我至少在六个月内是没有去他们店里的可能了。官网不完善，的确会暂时得不到我的下一个订单；可是因为他们的无可替代，我已经在恨不得明天就再光顾他们的店了。去他们的店，自然还会从吉祥寺地铁站走入那条商业街；走过的时候，还会从排列在它左右的那些店铺门前经过；经过时还会一如既往地东张西望；而这一次东张西望说不定，就可能从它旁边那家店里买走刚刚摆放在橱窗里的一只黑土陶盘。

到店里来！我相信这是日本商业在全球整体低迷、唯独他们的设计能力未见减弱的重要原因之一。要吸引人逛店，店里就必须有网购所无可取代的"绝技"；客人到店里来，那些手作就必须经得起最近距离的挑剔；街坊商业就能得以互相刺激，并相依为命地生长下去，也才能激发出更新鲜的设计才华。设计——一直被日本人认为安身立命的文化本事，三宅一生曾说，"日本只有将设计作为重点才能拥有值得骄傲的文化。"

比如，我在目黑街一条家居街上的一家小店里看到一只钟表，纯白底纯黑字，看起来与一般钟无异，可远远看上去就觉着好看。走近发现，好看的原因原来是，表盘上的刻字不是简单的数字，而是一条一条竖线，竖线的顶端分出叉来，9 的位置是 9 叉，2 是 2 叉，很像一株叶瓣饱满的蒲公英逆着时间被风一叶一叶地吹落着。把这只钟挂到家里的墙上后才发现，它竟是出自日本当今被设计界称为"天之骄子"的佐藤大（Oki Sato）之手，而且的确就叫蒲公英钟。后知后觉后，自然相当吃惊，出身虽如此"高贵"，它的价格却很平易，人民币不过 400 元。

在东京，有这样的奇遇实在很容易。比如，我还买到一只通体泛着金色光泽的汤匙，两只设计奇妙的香插……当时买得匆忙，兼有语言障碍，都是回到家后才发现它们皆师出有名，可买的时候却一丝一毫没感觉到任何的虚张声势。设计已是自然融入日本人生活的一部分，"日常的设计中包含着日本人丰富的感性"，三宅一生的这句话会时常跳出来撞我的心。

2015 年 11 月
于纽约家中

04

我为什么要去东京逛街？（下）

　　十年前我做全职设计师时第一次去东京出差，工作的一大内容就是逛街，不过逛的多是所谓主流品牌。今年，因为是自由职业身了，逛什么和怎么逛都可以自主，于是从新宿伊势丹百货出来后便跨过街扎进了O1O1的大门。其实那些所谓世界主流在东京与在纽约巴黎米兰并没有多少差异，即使到了北参道高档品牌一条街，也只逛逛"山本耀司"就足够了（山本虽是某种意义上的主流，不过也一直被认为主流里的非主流）；东京让我肾上腺素不断为之燃烧的，是O1O1，以及相隔不远的LUMINE 1、2和East里那些铺天盖地的本土设计，也就是相对而言的"无印"。

　　在逛过这些本土设计店铺后甚至觉得，被全世界追捧的"无印良品"在东京也算不了什么，比它更"无印"的"良品"还多得很呢。它们可能更多隐藏在不显山露水的小街巷里，比如我就在神乐坂附近一条幽静的胡同里，邂逅了一家专制手工皮鞋的店铺，每双鞋都别致而俏皮。也在涩谷的小道上，遇到一铺老板娘自己设计自己制作的仿古董内衣，逼真得让我误以为它们真的就是古董。售卖家用小玩意儿的店就更不胜枚举了，随意闲逛，就碰到了双面提花的棉布手帕、可以熬制花椒油的白色陶碗……甚至家里用了几年的橡胶热水袋因为已经硬得掉屑，打算到东京看看"日本的热水袋会是什么样"，结果也没让我失望。

东京的原创力实在太惊人了。很多时候，我在这家店里感叹着这一品类的设计能力应该到了饱和极限了吧，可再走两步到了另一家却发现，极限还在被无限地突破着，仍然还会遇到更别致更叹为观止的新设计。这样的感叹似乎在文具店里尤其多，特别是与书店衔接的文具角，比如神保町的三省堂，看完书再看到那些小物件儿，比如香插，比如裁纸刀、胶带架，甚至"thank you"卡片，似乎都能体会出什么叫"书中自有颜如玉"，因为这些东西都跟书一样有看头。这样的小店小铺对于生活在别处的世人可能是非主流，可在东京，它们却是相当的主流。

感叹之余，也不免常常疑惑：全世界都被快时尚化、标准化了，都在追求批量生产的利益最大化时，日本为什么还能给本土独立设计师这么大的生存空间？本土化常常意味着只是一家店铺，甚至只是一家街坊小店铺的产量啊。

尤其这几年我自己也开始加入独立设计师行列，无论在纽约还是在北京，对受惠小众的原创力要发展有多么艰难体会实在太多。最难的，可能还到不了销售环节，在生产环节就已经走入了困境。工厂主们每每张口，就是几千几万件的起订量，都是冲着沃尔玛、H&M那样的大订单去的。"不行的，你知道机器一开动就要转一天，你那点量几分钟就车完了，剩下的时间机器干待着吗？"这话听上去也的确合理。不光是生产商，原材料供货商也会有同样的苦诉给你。

可日本为什么能够是个例外？

这个问题，最近因为新书面世，媒体帮忙宣传时也多次问到。

我无法给出具体的答案，但细想起来，总不过还是跟设计有关。

在曼哈顿有家日本人开的小餐馆，店主20世纪80年代带着钱从日本来，在纽约大学附近买了两栋小楼，楼上出租，靠街边那栋的一楼开了这家餐馆。他因为家族姓氏"山东"，于是常称我为"我们山东女人"。有次吃撑了，就跟他说起，现在很多人提倡像日本人那样吃半饱，是养生之道吧？他的回答却出乎我的意料：不是，是因为日本资源紧张。

资源紧张，就必须懂得节俭。与节俭相伴的，可能就是每个人算计过活。Diana Vreeland 曾说："上帝对日本人是极为公平的，他没给他们石油，没给他们宝石，没给他们金矿，什么都没给，却给了他们对风格的感觉。"这话虽然表面说的不是一段因果，可也不妨这样看：正因为什么都没从上帝那里得到，才不得已要靠自己算计着创造。而算计正是设计的起点。

在我上学的年纪，有时想穿得比别人好看一点，就会去街摊上买布头回来自己做裙子。布头买多少，怎么能最好地利用，都要仔细算计过才行。如果从根本上探讨设计是什么，我理解正是这种对与众不同的本能需求，以及它必须建立的人对材料的珍惜、揣度习惯和相互妥协的生活方式。就是说，设计是一种花了心思的个人生活，它也因此令人无限着迷。

而这样精细的生活如果放到大工业生产里，就很难有存在的空间了。这是我可以想到的日本对于连锁店铺的热衷度在比例上要比世界其他地方小很多的原因之一。因为大工业是建立在"用完就扔"的价值观上，最不需要的就是你建立跟材料的留恋情感，消费者越不舍得扔，就越不利于大工业的发展；而在标准化批量生产线上，也根本不需要你的"个性"，稍微各色一点的产品最终都要被剔除干净。

北野武曾讲起他做油漆匠的老爸，常常用手指沾烧碱水放到嘴里一点一点品尝油漆。"这东西不尝就不知道可不可以。"虽是很危险的行为，他却认为非如此不可。虽只是普通的油漆匠，他却自认为并不普通，因为用舌头尝出来的油漆一定能把木头油得比旁人更晶亮。

关于匠人生活的书，好像日本人写得最多。不管是回忆、拾遗还是记录，总之喜欢讲这种故事的民族，让人很难想象其工业能够被全面连锁化。既有精细的算计、更有匠人体温的原创精神，似乎就应该是日本设计时尚的生态。时尚行业每季的流行趋势报告和风向评议网站上，令人眼花缭乱的"东京街拍"似乎就应该是个相当重要的 tag，也是设计师同行们最爱追看的标题。即使是已遍布全世界的"无印良品"，也比其他遍布世界的连锁品牌要讲究风格多了。

都说日本是充满禅意的国家，铃木大拙说，"禅已深入到国民文化生活的所有层次中"，时尚的设计领域自然也不例外。在东京逛街，即使是入俗世的喧闹中，也似乎颇能体会到商家与人为善、舍弃傲慢的态度。比如说价格。据说很多人喜欢去日本逛街，就是因为日本的价格。这个价格在我看来，其实并不一定是"便宜"，而是舒服。

去东京逛过街的人，不知有没有人跟我一样，注意到一个很特别的物品——围裙？它好像特别受日本人喜爱，随处可见不说，样式也极其丰富。这个勤快、喜欢劳动的民族，甚至还赋予了它一种像内衣一样的性感。当然，你如果留意大概也会注意到，围裙的售价相当参差。

青山有家艺术博物馆商店，跟纽约大都会和MOMA艺术品商店一样，店内销售的大多是仿艺术品作品，或者艺术家作品。我在里面看到一款硬帆布围裙，标价29000日元，按当时汇率差不多1500元人民币。这是我在东京看到的最贵的围裙，随后是800到300元人民币不等，最后无印良品垫底，150元。因为遇到的次数太多，就不由琢磨起价差的原因。1500元的那件，用的是厚帆布主料、质量上乘的皮和金属配件；售价500元人民币的，用的是细软亚麻，单色底上刷了一大块像水染画一样的撞色色块；无印良品那件，用的是普通亚麻，其他就像它一贯的颜色一样端正无奇了。总结起来，这几件围裙售价虽然相差悬殊，可都有清晰的逻辑可循：明里差在布料和样式不同，实则是差在设计含量的多与少。

多，就贵些；少，就便宜些。

之所以对青山这件艺术品围裙发生了特别的兴趣，是因为不久前我刚好看到国内"一席·一个礼物"的项目，也正在销售一款围裙，与青山这件比，无论质地、做工还是设计都极为近似。一席这款由生活艺术家欧阳应霁设计、腰前还附有一条有他手绘图案的擦手巾。要说艺术，这件比青山那件更艺术，艺术得让人舍不得用。可它的售价，说来难以置信，只要365元人民币。有人称赞说这是业界良心价，我却感觉不妥。因为后来也为"一席"设计出品了一款布包，才知道了价低的由来：帮忙生产的厂家放弃了全部利润，只收取了材料成本和加工费。如此的友情赞助诚然可贵，可终究不能是业内常规；假如没有这般"贵人相助"，这条围裙恐怕绝无诞生的可能。

在我看来，让人舒服的价格，应该体现出对所有劳动的尊重。这种尊重在东京也以另外的一种面貌存在着。

比如，在京王百货公司一处很小的服装专柜上，我看到一件典型的日系长身麻裙，纯正的靛蓝色，裁剪不复杂却可见明显的设计心思。翻开价签，22000日元，税后差不多1200人民币，200美元。无论在东京，还是纽约，这样的服装价格都不能算便宜；可如果以我对日本布价的了解，算出这件长裙的成本和定价比大约为1：3，我就还是毫不犹豫地买了下来。原因么，是这件长裙让我立刻想起我衣柜里非常近似的一件，是在国内一家以主打日系棉麻衣物为名的衣店买的。其布料和设计细节其实都不如这件细致讲究，售价却高达 2800 元，就是说，成本和利润比至少 1∶8。这样一想，京王这件就便宜得让人心疼了。

贵与不贵，其实很多时候在于你能否感受到它的善意，有善意你就想与它亲近。就价格而言，怎样的定价才算有善意？应该是既让设计师有继续创作的可能，又不拒消费者千里之外，甚至产生"这个东西根本不值这个价"的厌恶。

说到价格的舒服，我在东京还看到另外一个有意思的现象，在最高级的伊势丹百货买到的东西，假如我又在价位低很多的 Loft 店里也撞见了（这样的机会还真不少呢），我也不必担心有"买亏了"的烦恼。因为假如真是相同的东西，那无论在代官山还是下北泽，价格都不会有一分不同。这种事在世界任何其他城市可能都是神话吧，比如纽约，在最高档的 Saks Fifth Avenue 里卖的东西，一定不会出现在中档的梅西百货；而北京在"大红门"售价 100 元的东西，很有可能在进入丽都某精品店后就摇身一变为几千元的奢侈品了。那日本是如何做到的？如果不想用地产商与租户关系、地价与物价、职业操守等通俗的方面来解释这一现象，那么把这也看作禅意释放的一种大概是最说得通的——人性都是有缺陷的，所谓善意就是尊重这种缺陷、不制造引人烦忧的由头。

　　而这，是我能想到的日本能为本土设计保留生存空间的另一个原因。

　　比起消费主义高潮的 20 世纪 80 年代，东京现在的繁华规模据说也已缩小，我所看到的肯定又只是一个片刻的横断面，日本的当代设计师跟世界其他地方的设计师一样，也在惋惜"匠人"环境的流逝，独立空间的萎缩，原创力持续发展的艰难；可无论如何，现在的东京仍是全球原创的中心，有着最多的独特性并可以被世界各地设计师借鉴。回到纽约我时常想起它，虽说纽约的格局更有粗阔之处，可东京就是东京，独一无二的东京。

2015 年 12 月
于纽约家中

05

致敬独立设计师

　　我因为时常能买到一些从 T 台上下来的样品，对一般百货店里的衣物就不大感兴趣了。可时常仍有逛街的愿望，那逛些什么样的店铺还能让我有兴奋感，而且觉得过瘾呢？大概只有独立设计师可选。住在纽约当然也有这样的便利，虽然跟东京比，纽约的独立设计师或者独立设计师买手店铺数量不能算多，可也正因为少，存在着的这些就更是荟萃世界各地菁华的菁华，特别优秀，特别有力量，否则怕也难在纽约这块地盘上站脚，即便是很短暂地站住脚。比如，我下面要讲的厄基就来自爱沙尼亚。

　　见到厄基，是在曼哈顿 NOLITA 区的一家皮具店里。

　　曼哈顿这十年来几乎每一个商业街区都被大资本侵占，变成了名牌连锁店大卖场，五大道、麦迪逊大道这种传统商区不用说，连从前最具独立精神的苏荷也未能幸免，新兴的 NOLITA 区在政府各种扶植政策下，就成了现在唯一一个还能看到独立设计师影子的地块。

那天那家店铺的大窗户上挂着一只样子极为特殊的皮包：大，有非常独特的捏塑造型，让我不由想起曾在联合广场附近见过的安迪·沃霍尔雕像，有点波普，很纽约；整个包的分量应该很重，像铜，可皮子本身又有种软塌塌的质地，在阳光下通体泛着油光。我几乎立刻要喜欢上那只包了，只是对上面的金属配件有点犹豫：太沉？太嘻哈？总之我隔着玻璃抬头看了半晌，低下头时看见窗后坐着一位女子，我决定走进去。

她穿着半截围裙，坐的是一张皮具工作台。台面上除了各种我叫得上和叫不上来的工具和材料，还有一些她刚刚完成和正在完成的作品，比如两三个比窗户上那个小一半的手包，以及几个小更多的钱包；半完成的那几个好像湿沓沓的，我伸手摸摸，的确是湿的，而且非常硬冷。显然她在现做现卖。

看我感兴趣，她朝我笑笑，我顺势聊起来。

"上面挂着的那个大的——"怎么能做出那种好像雕塑的样子，可皮子还能那么柔软？

"哦，那个是他的作品。"

他，就是厄基，此时正在收银台后面接收客人的付款，之后走了过来。一身黑衣裤很酷，声音却很柔软。

他解释说，皮子先用蔬菜上色，再经过特殊的水处理，变硬后可以被捏塑出各种想要的造型；等水干，皮子会恢复柔软，捏塑的型却能固定下来。很神奇，至少我是第一次看到。

店铺大约有二十平方米，在NOLITA区不算大。不用说，皮子经过水处理而能拥有雕塑美感和反差极强的柔软度是厄基的看家本领，而设计师现场手工制作则是招徕顾客的好主意。不过那张工作台只占屋内四分之一空间，另外四分之三摆挂的，却是像从第三世界某个乡镇企业囤来的皮包，很大路货不说，还搭售着一筐低价丝绸围巾，像杭州的布头摊儿，跟她和他及他们作品的气质颇不协调。

"你是哪里人？是来旅游的吗？"

听了我的回答后，女子说，"我先前也在亚洲生活过。"原来是在泰国待了两年，去年才来到纽约，幸运地碰到了这个男人，两人成了合伙人。

这么快聊到了这么私人的话题，我知道在走出这扇门前，我应该会买一件他们的作品。再看看那个大包，价格比起不远处的James Perse这种高端的中档品牌还略贵些；可它确实独一无二啊，而且换算成人民币后，也不是完全不能接受。两三千块钱，在中国，能买到什么像点样儿的皮包呢？

"很喜欢这个包，就是这些金属配件对我来说重了点儿……"

厄基听了立刻说，没问题，我可以按你的要求做些修改。

"那太好了，可不可以这样——"我很具体地提出了我对金属元素的设计要求，连扣环是圆的还是方的都挑剔了一下，他想了想，还是觉得没问题，我们都松了口气，有希望达成这笔买卖的喜悦都溢于言表。可是，突然想到一个实际问题，第二天我要启程回北京。他铆劲算了算时间，即使不吃不睡，要连夜完成浸水、塑型、缝制等几道复杂的工序还是有困难，于是我们约定，等我回纽约以后再来。

这家叫"engso"的店铺，可以说是纽约独立设计师生存状态的缩影。

一般说独立设计师，英文应该是"independent designer"。既有独立一说，也就有对应的非独立。非独立，就是我们知道的隶属于大工业或大团队的设计人员，直白点说，是领薪水的设计师；而独立，就是自己靠小本儿生意为生的设计师了。

不过现在美国似乎更流行"indie designer"一词。Indie 指的是 individual，个人，个体。我自己也更认同这个说法，因为 indie 既是说每一位独立设计师都是单打独斗的个体，也是说他们的作品独特、个性。

无论从哪方面讲，厄基都是这种独立设计师的典型代表，这个身份该有的标签，他一个都不少。比如手工制作，作品一看就带着自己动手 DIY 文化的标记。又比如有非常鲜明的个人设计风格，或说独门绝技，卖点明了。这是无论在哪里做独立设计师都要具备的先决条件。不过有时也可能太过个性，把原本就不大的客户端变得更狭窄。比如厄基设计的这款大羊皮包，介于嘻哈和典雅之间，让人完全认同不易，毕竟，大多数人的时尚常识是被主流文化熏陶出来的，即便像我这样厌烦随大流的顾客也会觉得要么嘻哈到极致要么典雅到极致是更舒服的审美。那天离店前我本可以缴纳订制金的，最终却没有；第二天要离开纽约是事实，可也不得不说它是个借口，因为我并没百分百喜欢的把握。

因为手工，独立设计师出活都慢，是真正的"慢时尚"，只有等得起的人才能享受，而且价格比同等市场要贵。当然产量也小，常常小到要用"个"来计算。据厄基讲，我看中的那只挂在玻璃窗上的大包，正常情况下，至少要二到三天才能完成。虽然他一个人可以几个包同时操作，三天内完成 3~5 件作品，可比起批量生产，这终究是"慢得出奇"的节奏。

能直接面对终端顾客是独立设计师最后一个也是最难得的特色。这大概也是厄基坚持在店铺设置工作台的原因，他想让顾客了解他，他也想了解他的顾客。还有一点他可能并没特别意识到，这样直接面对顾客，其实能让设计师跟顾客建立起某种更为亲密的关系，因而产生一种超越买卖本身的意义，比如我们，一下子就能聊得热火朝天。这是做大众市场的非独立设计师不可能有的经验。

总而言之，独立设计师就是在越来越雷同的大工业边缘用各种方式创造着独特性的一群人。

因为独特，他们的作品很难进入主流市场；量小，从技术上讲，也让他们无法进入大众市场。像厄基这样租得起店铺的独立设计师其实是很少的少数，绝大多数都藏身自己家中，连租工作室的能力都没有。那要想找到他们，去哪儿呢？在互联网出现之后，一般可以去他们的个人网站或者像 Etsy 这样的独立设计买手网站；在互联网之前，通常就只有一个地方：手工市集（craft fairs）或街市（street fairs），前者地点相对固定、时间具有临时性，后者时间流动地点也流动。

说到独立设计师，就实在不能不说到市集和街市，在很长一段时间里，它们几乎是独立设计师能与顾客触摸到彼此的唯一途径。

　　纽约一直有市集和街市传统，作为主力店铺商业模式的补充而存在。虽然是补充，这个补充却相当重要，因为它最适合独立设计师的生存形态，从前能养活不少靠手艺吃饭的人；而有独立设计师的存在，就有城市的丰富性和多样性的存在。至少对于今天的纽约人来说，要想看到一点与五大道不同的东西，就只有在市集和街市上了，尤其门槛较高的市集，不但不一样，甚至更好。有不少人专门按照时间表追这些市集，比如感恩节圣诞前后出现在联合广场上的"节日市集"和布莱恩公园里的"冬日市场"。街市的形式则更活泼些，也更便宜些。二十年前我刚到纽约时，特别喜欢查看日历，一到有街市出摊的日子，就会像过年一样兴奋。那时候的街市也确实值得追，我第一次在纽约花钱，就是在哥大宿舍楼下的街市上买了一只设计感十足的墨绿色松木盒，大约35美元。那时人民币没现在这值钱，35美元对于穷学生已是了不得的一笔开销。可我还是被那只盒子吸引，无论如何都想把它买下来。直到今天它还是那么好看，仍被我保存在床头柜里。

　　这几年，纽约的市集应该说变化不算大，不过街市却已面目全非了，要想再看到像松木盒那么好的东西已全无可能。原因么，用不着讳言，是大部分街市都被中国小商贩们用他们从大陆小商品市场囤来的乍一看唬人、实际非常廉价的垃圾品承包了。其实商贩是哪国人不是关键，圈快钱的快时尚无孔不入才是祸首。街市由于门槛低，侵入的往往是比 Forever 21 或 H&M 更不经用、通俗点说就是更为垃圾的东西，而恰巧中国就生产了很多这样的东西，而且源源不断，精工细作的独立设计师慢时尚就只能被排挤出局了。关于这个话题，实在可以另写一篇长文。总之是，从前市集和独立设计师天堂级配对的链条形态已断。可没有好设计，街市一旦沦为廉价货卖场，就会比五大道和苏荷更乏味甚至更令人厌恶，生命力也很快会荡然无存。比如我，就有差不多十年再没跑过任何一个街市。而独立设计师如果缺席市集和街市，虽然有互联网的支持，设计力还是会因为减少了一个直接输送渠道而受损，本来就不大的生存空间就压缩得更小。虽然没有直接向厄基求证，可从他店里那四分之三的大路货不难推断，他还没有完全用自己的作品填满整个店铺的能力，只能辟出一个属于自己的"手工皮制"的角落，与相对快的时尚妥协共存，该是多么不得已而为之吧。

这其实是大多数纽约独立设计师风雨飘摇处境的写照，不仅纽约，全世界独立设计师面临的困境大同小异。

最近这几年，情况似乎稍有改变，快时尚发展失控已引起越来越多的人注意，如果再不对服装这个仅次于石油的世界第二大产业做点什么，它的危机会越来越严重。几个行业巨头已开始琢磨改变经营方式的新思路，向独立设计师投去的目光就渐渐多了起来。这个行业于是有了热度，这个群体的人数在增长，甚至出现了Indie Design Movement（独立设计师运动）的说法。关心独立设计师发展的私人组织也越来越多，光布鲁克林就有不下十个小团体，教人如何从菜鸟级品牌升级成可持续发展的成功品牌。不过，即便如此，现阶段的情形仍然是，每次在NOLITA或布鲁克林走一趟，我都会发现又有几家曾经钟爱的小店不见了。

　　国内独立设计师的生存状况可能就更风雨飘摇些。我的一位杂志记者朋友曾经策划做一期北京独立设计师专题，计划采访的设计师有六位，我是其中之一；可刚刚采访完我，后面几位已接二连三或倒闭或彻底退出了江湖。假如我曾买过那几位设计师的作品，听到这样的故事自然会有伤感，可同时也会庆幸，多亏我在遇到他的时候没有错过他，也希望我的不错过在他未来权衡放弃或继续时能给他一点勇气——"啊，曾经有那么一个人说过那么喜欢我的作品呢。"

　　这大概是作为一地居民或公民，能够为独立设计师做的一切了。

为独立设计师做，其实就是为我们自己居住的城市做，说到底也是在为我们自己做。我们都想生活在一个有意思的城市里，都想有街可逛，有店可逛，都对单调乏味、千篇一律深恶痛绝，可我们为城市的多样性力所能及地做过什么？其实要做的那一点点，不过就是用买10件 ZARA 的钱买一只禁得住琢磨，也禁得起回味的东西。这岂不是更环保也更健康的生活方式？受惠的最终不还是我们自己？

昨天在写这篇小文的时候，我顺手给厄基发了封邮件，告诉他我仍然喜欢他那只大包，等回到纽约就会去找他。

2015 年 9 月
于北京家中

补 记：

2016 年年初，我回到纽约后终于有机会又去了厄基的店铺，拿给他登有这篇文章的《财新周刊》。他虽然看不懂，仍十分喜悦。我们拥抱、合影、唠嗑，离开前我下了单，一周后拥有了有他钢印签名的一只肩包。不过小插曲是，他报给我的价钱竟然比之前答应我的要高，我找出当时的邮件记录给他，他马上做了更正。

这只包，我一直背着，今年年初，突然肩带断开，原来接榫的四只铆钉莫名全部脱落。虽然他后来将铆钉补给了我，包又完好无损了，可是独立设计师的手工常常会有这样或那样的问题，也是一个让人遗憾的事实。我们知道，大工业生产一般要经过复杂的千锤百炼的试穿试用过程才能最后投入量产，而手工工艺就没有这么奢侈的空间了，而且有一些工艺的确机器比人力更牢固。所以，在大工业和手工还能并存的时代，我们珍惜每一种意外和可能，都是不负生活的多样吧。

06

Fake it :

非法仿制与合法仿制的同谋

前几天去广东一家内衣厂在上海的展室，听老板讲起他的人生过往时，提到美国某大品牌在国内的内衣销售代理曾请他代工几万件挂有那个 LOGO 的内裤。他在做了一单以后，请对方出具授权书；对方不出，他便坚决不肯再做。

不知怎的，这让我突然想起多年前，在纽约碰到一位成都来的藏族姑娘卓玛，说是千辛万苦拿到意大利知名牛仔衣品牌在中国的销售代理，进了 40 条牛仔裤准备开售，可是利润低得可怜。我听着纳闷，问她既然如此，干吗还要代理？卓玛并未作答，愚钝如我，如今才悟出端倪：那 40 条不过是名正言顺的门面，真正令卓玛及卓玛们怦然心动的，乃是让原本只可茺在门后的暗货能瞒天过海。用美国时尚圈内的话说，就是：她可以 fake it，而且大量 fake it。国内天南地北那些所谓外贸精品小店里的所谓外贸"尾货"，不少怕就是这么来的，它们的量怕也不是"尾"字那么简单。

上个月，我的母校纽约时装学院刚刚结束了一个展览，题目就叫"Faking It"，对这一现象的百年历史做了梳理。

Fake it，通常可译为"作假"，但展览却将合法与非法仿制统统归在 fake 名下，思来想去，或许还是直译成"仿它"甚至"仿了它"才不枉策展人的一番苦心。

"如果我的衣服被人仿制了，那么仿得越多越好。想法本就是用来交流的。"

展览以可可·香奈儿的这句话开场，并且用两套都挂着她商标的小西装裙与之呼应：一套是她 1966 年的原创，一套是经过她授权美国人做的仿品。两套衣服从正面看几乎一模一样，翻开上衣内衬后才会发现，仿品做了几处改动，其中之一是取消了原创下摆的滚条贴边。不用说，其目的是降低成本。

展览以这个开场告诉我们关于时装仿制的几个事实和几个问题：第一，仿制从来都不如原创（这应该是仿制让人厌恶的最大原因）；第二，最早将仿制干得有声有色的是如今喜欢指责中国卓玛们的美国（越是设计能力低、生产能力高的地方仿制越兴旺，20世纪90年代以后中国取代美国成为仿制大国也最好地证明了这一点。只不过中国的仿制规模更大、更有江湖之气，这个我们下次再说；第三，仿制即使经过授权，还能算设计师的原创作品吗？第四，授权仿制是搅乱时装市场的开始还是繁荣市场的动力？

　　20世纪初，眼下最炙手可热的高档奢侈品牌都还是手工作坊时，仿制可谓吃力不讨好。纯粹从经济角度讲，有本事乱真不如自创更为划算。欧洲几个大牌，Louis Vuitton，Salvatore Ferragamo等，虽然都以设计师名字命名（因此很多非常拗口），却并没有很强的"排他性"；而且他家的就是他家的，真实性毋庸置疑。服装的批量生产，欧洲开始得比美国早；不过经过两次世界大战，美国就把大西洋彼岸远远甩在了后面。加上以移民为主的美国人对于自己的老根儿欧洲什么都崇拜，于是欧洲的设计师们经常在美国看到自己的作品被仿。1913年，法国时装大师Paul Poiret游览美国时，发现自己的设计被非法仿制，且堂而皇之挂着他的商标，逼得他赶紧又在美国注册了一次。亡羊补牢补得不可谓不及时，却并不牢，因为美国虽然学习了欧洲的商标保护，可并未学习将时装设计等同文艺创作建立知识保护的做法，至今依然。自恃技术先进的欧洲人也曾尝试依靠所谓独门绝技了断仿制者的生路，1923 年，法国高级定制设计师 Madeleine Vionnet 就跟绣花师 Albert Lesage 合作发明了一种非常复杂、几乎没有可能仿制的珠绣技术；不料仅过两年，她的一件珠绣"小马"裙（Little Horses）还是被誓将仿制进行到底的美国人非法仿制了出来。

由于美国商标法只保护商标，专利法只保护与服装生产环节相关的技术，商品外观法只保护由于历史原因在消费者心目中形成的品牌标志性设计（如博柏利方格），独独不保护服装设计创意，欧洲的设计师们只得开始授权所谓合法仿制。这是合法仿制的第一阶段。"二战"结束以后，美国百货公司每季度从欧洲购买一百件左右原创样品，同时取得原创设计师（或公司）的授权，为其美国客户仿制。那时的仿制对原创相当尊重，Bergdorf Goodman 雇佣技术精湛的缝纫工，尽心尽力忠实原创。档次稍低的 Ohrbach's 百货公司（这家公司已于 20 世纪 80 年代停业），也从巴黎进口最新的服装样品进行仿制；颇为有趣的是，办时装秀时还让仿制品与原创样品同时登场，仿制者对原创满怀忠实的优雅情愫，当然，他们知道，越是忠实，他们的客户才越愿意掏出钱包。

不可否认，这一阶段授权仿制的成就之一，是让原本限于欧洲一隅的高级定制广泛流行起来，高定工业在战后能够振兴即得益于此。比如香奈儿因为战争时期的私人劣迹在法国本已受到寒流般的冷遇，却在美国受到空前热烈的欢迎，她的工作室得以东山再起，1954年又荣归巴黎。然而，同样不可否认的是，授权仿制并没能阻断非法仿制的渠道，恰恰相反，它导致后者更加不可收拾。那些不择手段的商人把高定服装样品卖给纽约下级生产商，后者据此制造出数量惊人的未经授权的伪仿制品。这些仿制品随后还会被更下层的生产商再仿制，质量随价格一降再降，最后就成了我们如今说的"地摊儿货"。精明强干的美国人，真可谓当今卓玛小姐们的师祖。

　　事已至此，欧美设计师干脆自己创建价格较低的下线品牌，希望以此抵制无底线仿制，并能合法获得市场利益。这是合法仿制的第二阶段。自20世纪80年代开始，Donna Karan 旗下出现 DKNY，Moschino 有了 Cheap and Chic（这名字起得还真光明磊落），Armani 有了 Emporio Armani，Armani Exchange 等十个次线商标，Ralph Lauren 有了 Polo Ralph Lauren，Lauren Ralph Lauren，等等。这些品牌大多将下线商标授权其他公司设计、生产和销售，虽然扩展了市场，却也难免有失控之虞。其中最糟糕的当属 Calvin Klein，它的内衣下线品牌被代理公司不仅卖进中档的梅西百货，也卖进"草莓"这种超级廉价店，用句俗话说做得实在太烂了，连累本尊形象大受影响，

Calvin Klein 最后卖掉公司不能说与此毫无干系。

"下线品牌还算真品吗？"争议之声不断。

最近几年，合法仿制又出现了另外一种操作模式：很多大品牌开始与折扣店或快时尚店铺进行合作，比如 Missioni 为 Target、Marni 为 H&M 专门出品一条排他性（即不在任何其他渠道销售）的设计线，用比原品牌成本低很多的面料辅料，以相对低很多的价格在后者店铺出售。设计师品牌这么做，的确帮他们赢回了一部分被伪造者夺走的低端市场，可是也进一步模糊了对"真品"的界定：虽然挂着同样的 LOGO，这个 Marni 还是那个 Marni 吗？

这样模糊界定的结果，必然稀释一般消费者对"真品"原创性的敬意。在人们真的失去敬畏之心以后，伤害的肯定还是原创本身。

记得 20 年前我刚到美国时，第一次去逛纽约上州一个叫 Woodbury 的奥特莱斯卖场，买了一件 Polo 卡其布夹克；不想回到家后又变了心意，于是拿到曼哈顿岛上的 Polo 旗舰店去退。出乎意料，客户服务部的工作人员却说退不得。看到我诧异，他小心翼翼翻开衣里，教我看在奥特莱斯买的 Polo 跟他们正规店里的 Polo 有何不同。最后他告诉我结论：在奥特莱斯买的 Polo 只能拿回奥特莱斯店退。对他所说，我当时似懂非懂，工作以后才渐渐明白：原来奥特莱斯并不像宣传的那样，因为货品是直接来自工厂、省去了中间流通环节价格才会便宜；奥特莱斯是由专门供货商直接供货的，目标就是占据低端市场。

除去奥特莱斯，美国还有另外一种以 Century 21 和 Marshall's 为代表的百货公司模式，贩卖"花小钱买大品牌"（Brand Names for Less）的概念。这些公司对外宣传说，他们卖的都是有头有脸的大牌，只不过是这些大牌的"尾货"，即过季货（通常会说刚刚过季，以避免引起消费者敏感），所以价格比季前便宜很多。不明就里的消费者多半会信以为真，过几天季算什么，只要能在这些店里买到那些大 LOGO 的衣服、鞋包，甚至锅碗瓢勺，就觉得占到了天大的便宜。我到今天还清楚记得，从前每年圣诞节日季 Century 21 里的腾腾人气，我自己也曾拎着大包小包心满意足地离开那里坐上回家的地铁。可事实是怎样的呢？事实上十之八九不如人意，跟奥特莱斯一样，只有服装业内，尤其是为这些店铺供过货的人才知道：哪儿来的那么多"尾货"够供那么大一家百货公司一年 365 天运营的？都是有专门的生产商针对这些店铺的价格要求而直接供货，比如我们公司就曾是这样的生产商。要不然，这些年，为什么随着 H&M，Forever 21 的大举进攻，Century 21 的昔日辉煌就难续了呢？因为说到底，它们的本质一样，不过前者比后者更时尚。

有一个问题其实到今天我还没能完全搞清：Polo 是希望他的客户对 Ralph Lauren 各种层次的商标都门儿清呢，还是不门儿清呢？就是说，他希望我们是有辨识力的消费者，还是没有辨识力的消费者？看 Ralph Lauren 和 Polo 店铺，无论是自营店，还是在百货公司里租赁的铺面隔间，装潢风格和气质都明显不同，孰贵孰廉一望便知。据此我想，Ralph Lauren 的宣传部门肯定不希望我们糊涂到把他的低端品牌等同于他的高端品牌；可看那位"客服"工作人员欲言又止的样子，我想他们也不希望我们人人都能一眼分辨出挂在奥特莱斯架上的此 Polo 非梅西百货店里的彼 Polo。品牌自己恐怕也有相当纠结之处：既要让普通消费者买得起他家的产品，又不希望消费者知道自己买的其实并非他家最好的货色。

有必要对消费者隐瞒这些商业秘密吗？

得益于互联网，现在的仿制市场可谓空前繁荣，已经成为获益数十亿美元的工业。20 世纪的仿制者还要根据具体的服装样衣或草图进行仿制，现在，拜 style.com 类似网站所赐，仿制者们坐在电脑前，就能与那些坐在时装秀场里的人同时看到大秀。只不过这样的看法，能看到多少细节实在值得怀疑。可细节这东西，反正也早已不入仿制者们的法眼了。以前从设计草图到成品进入店铺至少需要半年周期，现在像 Forever 21 这样的店，用不了两周，就能把秀上刚露脸的最新设计尺码齐全地送上货架，甚至抢在原创设计师的前头。这样的速度，能在质量上有多接近原创，根本就是连讨论都不用讨论的问题。仿制者不讨论，消费者似乎也兴趣淡然。当初将真品、仿品同台展示的古典情怀早已是服装史上的一段冷僻掌故，只供今人在展览馆里唏嘘感叹。

今天中国的卓玛们，跟不同档次的 Polo 的心理恐怕多少是一样的：既不能太假，也不能太真。记得上海襄阳市场最红火的时候，我的美国设计师朋友西莉亚托我买 Balenciaga 机车包。她当然知道我买的不会是真品，但只要它有足够的 Balenciaga 机车包特色，她就满意。现在的消费者对真假也失去了较劲的古典情怀。某种程度上说，卓玛们的做法，跟合法授权仿制、增加次线品牌、与快时尚店合作的做法，理论上没有多少区别。

就是说，非法仿制其实正与合法仿制同谋。

2015 年 6 月
于北京望京

07

复古诗般的嫁妆 ———————————————

时尚杂志在每年的 5 月或 9 月会推出一期"婚纱月"，集中报道世界各地婚纱新品，选择这两个月份自然是因为它们是举办婚礼的热季。现在不少年轻女孩子对婚礼的想象几乎等同于对婚纱的想象，在一切程序都没开始之前，"我会穿一件什么样的婚纱"就会盘桓在心，甚至成为结婚的动力。比起 19 世纪，现代女人应该说简单了很多，也方便了很多，最纠结的也不过是究竟到 Vera Wang 的沙龙里还是到 David's Bridal 店里挑婚纱，完全用不着考虑"嫁妆"这种事。常听女孩子说，"我自己就是最好的嫁妆"，这不能说不是事实，女性社会和经济地位发生了根本变化自然会有这样的结果。不过，细想想，随着"嫁妆"的消失，女人们是否也失去了一点什么？

离我们不太远的老祖母那一代还有嫁妆旧俗。在婚期的前一天，女方家要将置办好的食具雇挑夫送往男方家。有钱人家的嫁妆里除了小件的被褥衣物，还常常可见宽大的床、桌、器具、箱笼等日常一应所需。发嫁妆的队伍因此可以绵延数里，有"十里红装"之称。"嫁妆"越多的女子到了夫家就越体面，心里上也就越为安全，所以旧式中国女子都希望带尽可能多的嫁妆出嫁。

19世纪也是嫁妆在西方最为流行的时期，Trousseau一词很是悦耳。不过，西式嫁妆似乎没有中式那么物质和强硬，没有那么大的权力欲，它一般只包括三部分后缀"linen"的织物：家居品（House Linen），桌品（Table Linen）以及"Underlinen"，即穿在外衣下的衣物，也就是内衣。法国电影《妓院里的回忆》几乎每一个镜头里都出现一件这种内衣，柔软、繁华、丰富而细腻，好看到让人完全顾不上故事情节。跟中式嫁妆比，西式嫁妆似乎更温煦，更女性化，更像是她们自己的东西，而不只是娘家的东西。不过虽不复杂，为之花费的心血却一点不少，每个女孩子从一开始来例假，差不多就要着手准备自己的嫁妆了。

中国古代常有"一块绣花手帕订终身"的通俗故事，女红也是西方女子在那个时代的"脸书"。最近读到英国女作家 A. S. Byatt 的寓言小说《冷》，里面讲到一位冰雪公主准备挑选一位王子出嫁，想要让对方了解自己，便送去几件能表现自己的物件儿。第一件即是她亲手织的一小块织物。可见虽贵为寓言里的公主，女红仍是必要的门面。在欧美表现 19 世纪生活的电影里，我们能看到很多女子凑在灯光下做女红的画面。《傲慢与偏见》就有这样一个生动场景，最佳女婿人选宾利突然来访，班纳特家的女人们慌忙做迎客准备，"玛丽，织带呢，织带呢？"姐姐这么焦急地叫着。给男人最好的伪装也不过是装出自己正在做女红的样子。在那个时代，除了家庭背景，嫁妆就是女子能否嫁入好人家的关键了。

那时候的西式嫁妆之所以都是麻织物，是因为当时还没出现弹性纤维，其他针织织物比如棉或丝绸，也还没在民间广泛流行，麻织品却正当风靡。可麻却是一种极难掌控的布料，由于经纬线过于清晰，稍有闪失，就有可能被裁歪，有时需要极其小心地抽出经纬方向的两根纱才能裁出精准的尺寸。做这些嫁妆，要先把麻高温漂白，然后还要配以全部手工的绣花、抽纱刺绣、镂空绣、蕾丝等各种装饰元素……可以想见，就是从来例假开始做，时间也并不那么充裕。因此嫁妆上的装饰越多，越说明女子的手巧，也越说明她的心性温韧。西式嫁妆里的家居品，可以由母亲、姐妹或家里雇佣的缝纫工代做，最后罗列清单时，可以写上她们的名字。而"underlinen（内衣）"这一项，则必须由待嫁女子独立完成，也只能绣上她自己姓名的首写字母。准备嫁妆的过程如此漫长，一箱嫁妆做好，一个女子的青春也差不多耗尽了。这些年轻女人把对未来生活的憧憬、对男人的渴望和期冀一针一线缝进嫁妆里，这固然帮她们打发了不少寂寞时光，可这个过程也实实在在地打磨了一通她们的棱角、磨出了持之以恒的耐心。我们常常发现，旧式女子脸上的表情跟今天的女性完全不同，"嫁妆"肯定也在其中起着相当重要的作用。

从整箱的嫁妆到一盒婚纱，女人迈过了大半个世纪的时光。如果单从嫁妆是出嫁的必要准备这方面来说，婚纱的确在某种意义上延续了西方"嫁妆"的概念。

不过手工的过程彻底不存在了，"嫁妆"的衰落其实就是手工的衰落。第一次世界大战以后，女人们不再守在家里做小女人，女红自然就渐渐失传。而最根本的原因还在于，19世纪末集市开始时兴，出现了能用机器做批量生产的商人，女子需要的任何织品都可以在市集上买到，自己缝制嫁妆的传统变得不那么合理了。时尚杂志原来教女红的版面，也渐渐被广告、采购建议等取代。再之后，露天集市慢慢变为有固定场所的百货商店，英国的班布里奇（Bainbridge's）是第一家，1849年开业；波马舍（Le Bon Marché）于1852年在巴黎左岸矗立起来，它是世界上第一座专门为一家百货商店盖的楼。别看波马舍现在是巴黎最高档的百货公司，它的本义可是"the good market"，或"the good deal"，可译作"廉价店"，所售货品因为是批量生产，故比手工低廉很多。百货店最大的功能是能分门别类把多种货品集中起来，女人需要的任何东西都可以在店里买到，而且不用等，立马就能买到，价格比自己做还来得便宜，手工自然没有存在的空间了。与19世纪相比，20世纪20年代也可用今天的话说，是进入了"快时尚"时代。

为什么说婚纱还残存一点点"嫁妆"的概念呢？除了那是女子结婚最有脸面的一件物品，试穿婚纱的过程跟缝制"嫁妆"的过程也有少许相似之处。通常在婚礼前一年，准新娘就要去婚纱店定制礼服，而且大多会订比当时的自己实际小一至二个尺码。为了能完美地穿上这件嫁衣，她们随后要开始整整一年残酷的每天饿到发昏的节食过程。就像19世纪的女子从发育起就要整日坐在窗前缝制嫁妆一样，这个节食过程不只是暗示地、象征地，而是实打实地要对她们的耐性做一通磨炼。不管多强悍的女子，在饿得想吃又不能吃之间反复忧伤、徘徊、犹豫之后，最后大多接受了眼前的现实。我见过很多这样的过程，其中就包括我的一任老板。现代社会，真想不出除了婚纱，还有什么能让女人心甘情愿做这样的牺牲？看着她们节食的样子虽然很替她们难过，不过我也发现，这个过程有多痛苦，可供她们未来记忆和回味的东西就有多丰富。而且，这个过程结束后，她们中的多数人也就从任性的女儿变成了有韧性的妻子。以我的老板为例，因为总是处于饥饿中，竟失去了以前对员工永远暴跳如雷的坏脾气。

比起节食，我当然更欣赏自己缝制嫁妆这样的待嫁状态。这个过程没有任何破坏性，有的只是建立，建立自己与物的关系，建立自己与另外一个陌生世界的关系。不过，这两个过程的意义其实都远远大于制作衣服和穿上衣服本身，它们更像一种仪式，让我们缓慢地却越来越明确地意识到，我们的生活要发生变化了；而为了这个变化，我们必须全力以赴。

像中式女子尽量多带嫁妆过门一样，西式女子们过去也总是尽力多做。因为做得太多，出嫁以后，很多就一直锁在大橱"armoire"里，一辈子也没穿过。因为工作的关系，我经常需要逛古董衣店或专卖古董衣饰的网站，于是有机会看到一些古董"嫁妆"。看到那些现代人已完全无法想象的工艺细节，除了感叹也常常好奇，缝制它们的人当时是怀着怎样的心情？看到那些两三百年前缝制的嫁妆还保存完好，更会想象，她们为什么没穿？

制作嫁妆是少女终结自己青春的过程，最后带到婆家的嫁妆越多，是不是对少女时代的怀念就越深厚和久远？在我们变成妻子和母亲之后，回头想，少女时代其实是唯一一段属于自己也献给自己的诗的记忆。

为此，一件别人制作的婚纱怎么够呢？

2015 年 5 月
于北京家中

08

《五十度灰》：

女人为什么又在穿胸衣？

每年从感恩节到情人节的节日季，欧美内衣专卖店里大多会上架几种平时不那么常见的款式，并且总是摆在店铺或橱窗最引人注目的地方。古典式胸衣便是其中之一。

所谓古典，是相对现代塑身衣里的胸衣而言的，后者虽也经常模糊地叫作 corset，不过主要使用高弹性布料，而前者则仍使用系绳、（金属）龙骨、钩眼扣等传统手段，就像我们在电影《乱世佳人》里见到的那样。今年，古典胸衣似乎大热，某家销售传统胸衣的知名零售商在过去三个月里销售额上涨了 50%，据店主说，这是受了新上演的电影《灰姑娘》女主那件胸衣式曳地舞裙的刺激。

不过，这时候，也总会有医生出来反对，耶鲁医学院的妇产科教授玛丽·简就说："从医学角度讲，胸衣并不舒服，而且限制身体的活动。如果穿得太紧，喘气都困难。从理论上说，它还会对肋骨造成伤害。"这样的话其实已经说了不止一百年了，可为什么胸衣还没有退出女人衣橱，反而不断有大大小小的回潮呢？

捆绑乎？

虽然经常被翻译成"束胸衣"，古典胸衣对胸其实并不是"束"，反倒是"放"。实际上没有哪一种内衣形式，能比它更夸张地突出女性的身体特征：把胸峰推到最高，腰圆缩到最小，连脊背都整塑得那么迷人；即使是没有多少女性曲线的女人，只要穿上它也会立刻充满女人味儿。英国女演员凯拉·奈特莉（Keira Knightley）从出道以来没少因为平胸被人取笑，可她还是多次被评为全球最性感的女人之一，我一直觉得这跟她演了很多穿古典胸衣的角色有关，从《傲慢与偏见》的伊丽莎白到安娜·卡列尼娜，我们热爱的女人快被她穿着胸衣演遍了。

历史上，似乎一直存在着"男人对女人的束胸衣比对女人更感兴趣"的说法；19世纪的漫画里有很多男人帮助女人解开胸衣系绳的主题，男人经过胸衣店好奇往里张望的情景也曾多次被拍摄下来。而女人，好像更多被塑造成胸衣的受害者。有内衣研究者分析说，这与胸衣的系绳有很大关系。内衣里的各种系绳一直暗含"捆绑"的寓意，而"捆绑"则是强烈性压抑的符号，有女性受虐于男性的暗示。这当然是男性这么看，19世纪前的胸衣没有前身的钩眼扣，系绳在背后，无论家里的老婆还是外面的舞女，都要靠男人的帮助才可以解开或系上。"你知道怎么打开它们吗？"成了当时在男人中颇为流行的一句聊天。可以想象他们说这话时口气有多得意：瞧，女人（的命运）都掌握在我的手上了。

可实际怎样呢？

捆绑，表面看，确实常常传递抑制、束缚、扭曲的不良讯息，不过细想想，谁操纵谁在胸衣的系绳被解开和系上的过程中应该发生着更微妙的事情，男人和女人的关系远比"怎么打开它们"要复杂。这恐怕也是束胸衣在所有内衣形式中最让人着迷的原因。男人们的关心只停留在怎么打开它的层面上，常常忽略女人依靠胸衣的系绳可能得到的却是更深刻的东西，比如周旋的时间，缓冲的余地，甚至游戏的情趣。如果我们细看19世纪那些漫画，不难发现，画里的男人们因为解不开系绳其实手忙脚乱、满头冒汗，而被他们"操纵"的女人倒都嘴角抿紧、一副揶揄和嘲弄的傲慢样儿。说真的，那时候，一部分良家女子只有在胸衣被打开和系上的过程中，才能享受到一些非良家女早已习以为常，她们却没有机会享受的调情和戏谑快感。今天《五十度灰》能够走红，大概也是同一个道理，明明是一出女人被施虐的戏，为什么却受到如此多女人的追捧？强势者到底是谁，真正受虐者是谁？男人需求的快感，终究要跟另一个人签下合同才能实现，下一部电影估计就会给个明确的说法了。

大概就是这种复杂性，"一战"开始以后，女人们被迫脱下带龙骨的胸衣时，要说男人不情愿看见它们就此退出女人的内衣柜，女人也不情愿，因此束胸衣隔一阵子就会复兴一次——它怎么能真正退出历史舞台呢？

游戏乎？

有胸衣研究者总结说，历史上古典胸衣的流行高潮每隔六十年会出现一次，第一次是 1895 年，第二次是 1955 年，今年就又到了节点。回头看 20 世纪 50 年代中期，那的确是上一次"沙漏"（Hourglass）体型被崇尚的时代，梦露、伊丽莎白·泰勒、索菲亚罗兰都是那一时期的宠儿。如果明星是流行风向标的话，这一次回潮的话题明星是谁呢？恐怕非卡戴珊姐妹和脱衣舞娘蒂塔·万提斯（Dita Von Teese）莫属吧，胸衣几乎就是她们身体的一部分。不过，今年的这个高潮，跟 1955 年肯定不会一样，经过了 20 世纪 90 年代仿古胸衣成为内衣外穿流行风尚和 21 世纪以来娱乐文化时尚的洗礼，它可不仅仅是"捆绑"那么简单了。

但凡对胸衣历史有点了解的人，可能都知道20世纪90年代麦当娜的那场"金发野心"世界巡演，除了她的舞台表现，那场演出给世界留下最深印象的，还有几款特别的胸衣演出服。设计师让·保罗·高缇耶恐怕无论怎样都会是女人胸衣历史上的里程碑人物，他为麦当娜设计完演出服以后，在玩弄古典胸衣概念的道路上又多走了几步，而且看得出来，走得极其欢快。那一时期他设计的胸衣更加夸大女性的性特征，比如将胸部做成尖锐无比的锥形，成了名副其实的"胸器"；胯骨被更戏剧化地强调，作为生育工具的骨盆被超现实放大；可另一方面，在该控制的部位，他也表现出更果断有力地收敛，比如腰，以及边际。制作材料随心所欲、天马行空，有时到了让人目瞪口呆的程度，比如他使用稻草这种与女性肌肤完全忤逆的东西，可奇怪的是，稻草胸衣看上去并没有引起我这个女人生理和心理的难受反应（的确只对一件坚硬的牛皮胸衣感到了不适）。另外，他还把香水瓶做成胸衣形状，让女人和男人都能早晚把玩。

高缇耶对女人胸衣表现出的各种兴趣，不同的女人肯定会有不同的解读，来自女性的抗议声也有不少；不过，说胸衣在高缇耶这里完全失去了从前那种"受虐"的含义，这应该不会有人反对。似乎就从他这儿开始，胸衣走出了私密语境，成了游走于时尚与日常、舞台与卧室之间的"尤物";虽然还保留了系绳这一必须有的传统元素，可束缚、捆绑这些含义已被彻底抛弃，有些系绳既用不着解也用不着系，不过是怀旧元素的装饰概念而已了。从某个角度看，他还似乎替女性表达出了她们的新世界观：胸衣怎么玩，说到底还是女人觉得怎么好玩儿怎么玩。同时，这样的胸衣也对男性做了最好的教育：男人们从来没关心过打开它们以后怎么样，现在，女人已用不着他们的关心了。

这应该也是《五十度灰》还能为很多女性接受的原因之一。

文艺乎？

说起来，古典胸衣现在不仅仅是最具女性特质的符号，而且也是最具文艺气质的符号之一，在无论哪种性别创作的现代文艺作品里，如果有对女性性的暗示或强调，胸衣总是最常被拎出来使用的元素。而只要它一出现，人们就会意识到，这个文艺作品一定是有女性视角的，即使是讲女性与男性的关系，也一定有它有趣的切入点。当红文艺女明星，如果没穿过胸衣出镜，几乎就不能算是文艺女星；如果没在电影里穿过胸衣，她们也会以穿胸衣出现在颁奖礼上作为补偿。

胸衣的文艺气质从何而来？这当然跟它含蓄收敛的

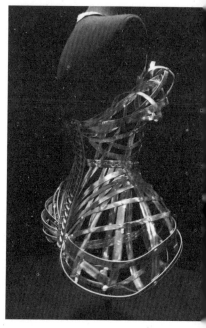

意味最有直接关联。胸衣说到底是抑制的，而抑制是文艺女最特别的一种气质，很难想象穿着胸衣的女人张牙舞爪的样子。不过，胸衣的文艺气质我一直认为跟它没有遮掩到、暴露的东西更有关。

胸衣的美，除了让人注意到它所突出的身体凹凸曲线，也更容易让人注意到它所不遮掩的部位，那些部位在我看来，是女性不柔软却更具诱惑力量的部位，比如料峭的肩胛骨、锋利的锁骨和鲜明的蝴蝶骨。这些骨头如果长得好，通常被认为是比脸蛋更重要的美人标志，因为它们是一个女人健康、不消极邋遢、有约束自我能力的证明，而这些，都正是一个文艺女性的气质。文艺片常常让女主角穿上胸衣一点都不奇怪，16 岁的达科塔·范宁（Dakota Fanning）在《逃跑》中饰演一个摇滚女星，最好的服装当然就是一件胸衣，让她一下子独立成熟了。

最近跟纽约几家内衣专卖店的店主聊天，她们都说胸衣现在是女人自己、女人之间、男女之间最好的礼物，这个时候他们进货也比平时要多。想来一是节日季和约会季，象征古典男女关系的胸衣当然还是古典情愫最真挚的表达；二是古典胸衣现在带的那点游戏性，也颇能调节恋爱气氛；三是有年头的束胸衣现在所具有的故事性也特别适合年节——

"你这件胸衣为什么带有那样一条蓬松的尾巴？"

"哦，那是模仿19世纪舞女的装束设计的。"

一年中大概只有这个时候，男人和女人才特别有倾诉和聆听的耐心吧。

2015 年 3 月
于纽约家中

09

为什么选你做我的模特？

"你要什么样的模特啊？"

今年夏天，因为为国内一家品牌做设计，产品成熟时，就到了要寻找模特的阶段。

根据品牌定位，我向经纪公司提出的模特条件除了几项实在的三围标准，虚的就是：朴素，健康，不要太飘逸，有一点点肌肉最好。说白了，要像个正常"人"。我的矛盾不在于能否找到一个超凡脱俗的大美人，而在于：是要一个特别好看的模特，还是要一个看着足够普通的模特？

一般人会觉得选模特是个美差，不过什么事一成为工作，多半都不那么轻松。一天四五十个模特看下来，再是审美也会疲劳，更何况素颜下的模特们并非个个赏心悦目，即使正当青春，不少人也因长期控制饮食、作息不规律而挂着与年龄不符的憔悴。我又选的是内衣模特，多半时间就都在用职业的眼光对身体进行着挑剔——每个角度都完美的身体非常罕见，而中国女模特又大概是世界上健身最少的模特们了，缺陷往往一目了然。

不过，内衣设计师与模特之间总会有种微妙的气氛。在帮助她们把背心的吊带弹正的时候，我能感受到她们冒着酷热匆匆赶来的辛苦，身上津津的汗热也跟着弹了起来。说到底，来面试的模特们还是正常人。

正常人，其实是服装模特最早的形态。

用模特展示服装，据说始于有巴黎"高级定制之父"之称的查尔斯·弗雷德里克·沃斯（Charles Frederick Worth）。1848 年，当他还是一家普通服装店主的时候，为了向客户更好地推销他设计的披肩，他让女店员玛丽演示其穿戴法，玛丽于是成了有史料记载的第一位真人模特（后来则成了沃斯太太）。1853 年，沃斯在巴黎开设史上第一家定制服装店，大概因为玛丽的示范效果太好，他在自己的店里雇用了一批模特。"独家模特"（House Model）一词应运而生，店铺雇佣专属模特的做法很快在巴黎时装店流行起来。当时对模特的身材尺寸没有要求，设计师大多使用体貌不同的模特来展示他们不同风格的服装。

除了展示已做好的衣服，模特们后来也成为设计师在设计阶段的辅助。比如，被比喻为"时装界的毕加索"的法国现代服装大师保罗·波烈（Paul Poiret），跟毕加索一样，他的缪斯和设计原型也是女人，只不过他这个女人是他妻子。保罗生于布商家庭，24岁在巴黎欧伯街5号开设自己的时装店，与一位也生于布厂主家庭的女子德尼斯·布蕾（Denise Boulet）结婚。德尼斯性格古典，身材却苗条富有活力，只是胸部平坦，非常不适合穿当时最时髦的紧身胸衣。保罗根据她的性格和身材特征，为她设计了一组以"革命"命名的主题服装。这些服装的确担得起"革命"二字，借鉴东方服装元素，提高腰际线，延长并扩散裙裾，减少装饰，把玛丽从当时最流行，却不免死板的S形服装风格里解放出来。德尼斯成了保罗品牌最好的代言人，保罗则成为现代服装的先行者。

先有衣服再找适合穿它的展示者的模特业界形态，从20世纪初一直延续到七八十年代。几十年里，模特工业虽经历了诸多历史性变化，从店铺专属到经纪公司签约，从每小时25美元到每年12天工作日的80万美元薪酬，从立体到平面展示，听上去都是一次次颠覆，可模特的基本模式没有根本改变。他们只是比普通人漂亮一点、穿起衣服好看一点。根本变化要到90年代随着凯特·摩斯"海洛因之美"的一夜爆红才发生，普通大众的审美趣味也随之迅速调整。不知为何，服装经由跟自己非常不一样的女人穿着，反而更能刺激女人的购买欲望，于是模特们就只好越来越不像"人"了，她们的名称也从 model 变成了 supermodel，跟超人一样。这些想当超模的女人并非天生都像凯特那么纤瘦，于是开始节食，迫使自己拥有不食人间烟火的模样。她们也真的不食烟火，很多人一天只吃一只香蕉果腹。设计师在 T 台秀前，为了让她们能穿上自己的衣服，常常要用大头针、曲别针做很多临时改动：把胸围、腰围改得更小；裤长几乎要增加到正常的两倍——这当然有所夸张，不过 T 台样衣，几乎没有一个普通女人能穿着合适却是事实。在凯特·摩斯的影响下，一个太像"人"的人，也就基本没有吃模特这碗饭的可能了。而当她们出现在时尚杂志上时，常常还要被处理得更纤瘦，更飘飘欲仙，以至于读者在看杂志时，焦点常常在她们身上，而不是在她们所代言的产品上。超模们的付出的确对得起她们的天价酬劳，可与服装的关系也变得游离起来，有多少人能从这些模特身上看出自己穿着那件衣服后的样子？

　　21 世纪初，被纤瘦之美搅乱的模特市场曾努力做过矫正，试图给予大尺寸模特机会。其实这时候的大尺寸，不过是 20 世纪 50 年代的标准尺寸，举例说，50 年

各色

代价格最高的模特库珀，三围是 97-61-92cm，而 90 年代维秘超模伊曼的三围是 81-58-84cm。说起这一时期最有故事性的大尺寸模特，一定有人会想到克里斯特尔·润（Crystal Renn）。润也曾饿到皮包骨过，后来因为患上饮食紊乱症被迫恢复正常饮食，体重增加了 32 磅，三围变为 91-66-92cm（其实除了腰围，其他都仍然低于 50 年代标准）。就在她几乎被经纪公司放弃时，频繁爆出的模特饿死事件让时装工业对模特体质指数做出严格规定，时尚杂志也不得不开始选用不同身材的模特类型，特别是曲线丰满型，8 号以上的大号模特开始受到重用。2006年让·保罗·高缇耶春季成衣时装秀上，润着一袭裸色薄纱长裙，被高缇耶牵手出来鞠躬，为她的履历写上了最风光的一笔，随后她便登上了几乎所有国际时尚杂志的封面或内页，其中多穿薄衫和内衣，大量暴露丰满圆润的胴体。

不过有意思的是，很快就有内幕透露出来，大号模特登在时尚杂志上的那些图片也像超模一样被处理过，不过不是被处理得更纤小，而是更大。有些大号模特也承认，她们在试衣拍照时被要求往身上某些部位垫垫儿，以便让 12 号看起来像 20 号。仔细看国际版芭莎和 Vogue杂志上的润，也能看出她的曲线被刻意强调过，内行人甚至能看出她身体上的哪条线是用灯光和数字做过"更

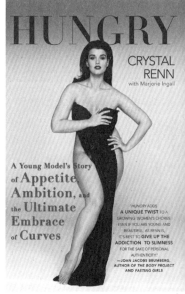

HUNGRY

CRYSTAL RENN
with Marjorie Ingall

A Young Model's Story
of **Appetite**,
Ambition, and
the **Ultimate**
Embrace
of **Curves**

"HUNGRY ADDS
A UNIQUE TWIST TO A
GROWING WOMEN'S CHORUS
EVEN IF YOU ARE YOUNG AND
BEAUTIFUL, AS RENN IS,
IT'S BEST TO **GIVE UP THE**
ADDICTION TO SLIMNESS
FOR THE SAKE OF PERSONAL
AUTHENTICITY."
—JOAN JACOBS BRUMBERG,
AUTHOR OF *THE BODY PROJECT*
AND *FASTING GIRLS*

大号模特润的三个时期

上：作为 12 号模特被高缇耶牵手谢幕

中：《饥饿》一书出版时

下：恢复 8 号模特身材后

显丰满"的处理。这就难怪有一年我在曼哈顿街头偶遇润,跟很多初次给她拍照的摄影师一样,第一反应便是:"可她并不是多么大只啊。"

为什么2号模特要像0号,而12号要像20号?这里面隐藏的时尚秘密,倒也用不着攻读那些对男人的愚蠢和女人的虚荣心阐述透彻的哲学家们的著作,只拿出左拉的"陪衬人"大约就能有所解。在这个商业世界里,"美是一种商品,可以拿来做骇人听闻的交易。"为了刺激消费,美得不可方物的模特们自然要被商人用来玩很多欺骗的把戏。对于自己成为某种意义上的"陪衬人",润曾表示接受。可更有意思的是,在作为12号模特取得了商业成功,2009年又出版了名为《饥饿》的自传后,她的体重却悄然降回到8号,现在已俨然成了一名相当标准的"超模"。

距离2006年润的成功后十年,2015年模特界最引人注目的事件,是澳大利亚一位患唐氏综合征的18岁女子玛德琳·斯图尔特(Madeline Stuart)即将以模特身份登上9月的纽约时装周,这是2015年为纽约时装周走台的第二位患有这种疾病的模特。唐氏综合征患者有比较明显的病态外观,很难让人跟"美"产生联想。斯图尔特这次将要走台的品牌,预告其冬季系列将由截肢和有其他身体残疾的模特坐在轮椅里展示,目的是与一家基金会联手，宣传"时尚无界限"的理念。这能不能算美？大众对此意见非常分裂。按照普世价值观，多数人赞叹斯图尔特的勇气，称赞她改变了世界；可也有不少人认为商家有比较明显的借残疾博关注度之目的。好在这次的目的与慈善有关。不过，模特与服装的关系，走到这个时候，已然完全不是模特与衣服最初的关系了，给模特的定义——用以推广、展示或宣传商品（主要为时装商品）的人——也可以做点修改了。

"你穿的衣服有没有你不喜欢的？"

我终于挑选好一位中意的模特后，这样问她。她先回答我说："有啊……"不过，又委婉补充道："但是没关系，专业模特嘛，什么都可以驾驭。"

因为我喜欢你，真希望我设计的衣服是你喜欢的。这可能是我最中意的设计师与模特的关系。

2016–2017

10

节日季市集与街市

　　国内的零售业不知是否有明确的节日季，如果有，应该会是围绕最重要的节日——春节进行的吧。美国的节日季即是如此，不过西洋最重要的几个公历节都比农历早，节日季从当年的 11 月就开始，到次年的 2 月情人节过后才算正式结束。主流零售业的节日季与此完全对应，只不过设计和生产周期要在至少半年前完成，到了真正的节日季，其实只是上货的季节了。

　　对于普通人来说，节日季是一年一度最热闹的季节；可对于主流市场的设计师来说，却是最平庸最乏味的季节。创作空间很是受限，每年连色板都不允许更换，永恒的红、绿、白、金，顶多到情人节发货月增多一个粉色。可以使用的元素也没什么花样可翻，只能在雪花、星星和心等几个既定形象里小施拳脚。虽然如此，时装公司对节日季却从不敢轻慢，设计师更必须打起十二分的精神全力应对，因为即便这一季的市场看上去没有多少创作空间，它却是很多公司全年获利最高的零售季；设计师要是在这一季失手，恐怕在开年的年终评定后就会被要求走人了。

主流市场虽如此无趣，这一季却仍然是我在纽约最喜欢过的一段日子，除了因为年关将至工作节奏开始放慢，吃吃喝喝的机会增多，每个人都很容易活得像个简单快乐的傻瓜。更重要的是，这一季是全年唯一一季主流市场不是全部市场的时段，很多一年才一次的节日市集（holiday fair）都是在这个时候出摊的。有了它们，纽约的节日季不但不难看，反而还让人甚是期待呢。

所谓市集，现代解释是在指定地点定期举行的买卖集会。Fair 一词好几百年前就有了，到 1796 年英国出现第一家百货公司 Harding, Howell & Co. 之前，定期市集一直是人们主要的购物环境。今天的现代城市几乎都保留下了这一商业模式，只不过时间不一。比如伦敦在汉普顿宫绿地上举办的"手工市集"，选在每年 9 月的一个周末；东京的"Ozone 手工市集"选择了跨 4 月和 5 月的一个黄金周；纽约最著名的几个市集则前后脚都开在了节日季里，持续时间短则 30 天，长则 60 天。开在节日季倒也不是没有道理，因为在古英语里 fair 也有宗教节日和假日，以及嘉年华的意思。

纽约市政府旅游官网把节日季市场称为"购物者的天堂"，从11月开始，布莱恩公园、哥伦布圆环广场、联合广场、中央火车站等地标处就陆续搭起了白底间红条的顶棚货摊，若是航拍的话，白茫茫的一片煞是好看。这个季节天气越来越冷，可集市上却越来越热气腾腾。热气既来自混杂其间的标配食物货摊，比如热炒菜、热咖啡、热苹果汁儿、热巧克力浆等，更来自热闹的人气。也不知是否跟它的传统有关，这些临时出街的市集总带着那么一股古朴的气息，虽然不再是物物交换的买卖方式了，可偶尔仍然可以和摊贩小小地讨价还价一下，可以与货物的设计者和制作者当面交流。这些货物又多带着小作坊的手工气质，逛市集的行为就总好像是老派人的老派做法，连带着连情感方式也老旧了起来。要逛就要逛得悠闲随意，不用赶时间；走到每一个摊位前都可以停下来问问价，买不买另说，能跟摊主聊聊天似乎也是乐趣所在。可就在你几乎要以为这样闲散的生活快成了生活常态时，某天天亮，你发现这些摊位在一夜间全部消失了，了无踪迹，街道空地恢复原状。恍惚间你几乎要怀疑它们是否真的存在过，就像一场梦，而且还是一场旧梦，因为梦醒后，一切又都回到了现代生活的现代新年。

　　能让我们这样怅然若失的，一定是好的市集，因为它们在很短的时间里就成了我们生活的一部分。这样的感受也是古旧的，在高楼里的现代大百货公司就很难与我们建立起这样的感情。

说市集古旧，还因为参与的商家也多半做派老旧。他们大多不是真正的现代商人，而是传统的手工工匠；不是大工业的一分子，不喜欢或尚无机会进入主流市场。他们中的多数人可能还没能力拥有独立工作室，正在自己的公寓里熬制肥皂液、搅拌着精油、钉着鞋底或熨着衣服。这些人也常被我们叫作"独立设计师"。

上个月，我在联合广场的市集上就遇到一个不足两平方米的手工帽摊位，摊主是位中年男性。他告诉我，他卖的帽子都是他太太带着几个女性邻居在家里织的，是典型的前摊后厂的直营方式。去年圣诞前，我去布莱恩公园节日季的"冬村"集市，碰到一家出售自己手工制作精油、唇膏、皂块的姐妹，她们的货品包装虽极其朴素，香气却醇厚绵长，我几乎是循着浮动的暗香从十几米外找过去的。

纽约节日市集上这样的手工匠摊位最多，这跟市集的组织者有意向他们倾斜大有关系。实际上越是优质的市集，对参与者设定的门槛也越高。

比如中央火车站的节日市集每年6月发布招商广告，

大标题就写着 "Calling All Artisans"（召唤所有手艺人），号召美国的工匠们积极报名。组织者随后对申请者加以筛选，首选目标他们明确说是高质量的手工作品和美国制造产品。也就是说，市集选择的大多是无法进入主流市场的那些东西，明摆着是要给手工业者以机会。结果，在所有节日季市集中，中央火车站每日的客流量最多，高达百万人次，这除了得益于火车站得天独厚的交通枢纽环境，市集内容的独特和优质显然也是重要原因。可以说，设计的质量影响了市集的质量。

市集对设计者的回报也不小。参与市集的商贩大多能在集市上卖掉很多东西（据统计，中央火车站节日季每个摊位的平均销售额是 11.6 万美金），常常还有可能从主流零售商那里拿到订单；有机会在地方和国家级电视上曝光；也有机会遇到博物馆商店买手，因为他们的手工作品通常很适合在博物馆销售。中央火车站的市集只有短短 38 天，摊位租金是 1.75 万美金。这个数字听上去不低，可跟租店铺的费用比却要实惠得多，手续也简便得多，特别适合尚无能力自己开独立店铺的手工业者；这个租金跟最后达成的销售额比，就更是远远大于付出了，回报率几乎是 6.6 倍。靠着年底的这笔收入，这些手工匠人或曰独立设计师们大多能顺利进入新一年的良性循环了。

总之，市集和手工匠们彼此成就，他们若能实现天堂般配对，那这座城市就很容易多出一个让人热爱甚至沉醉的理由。对于今天的纽约人来说，要想看到一点与五大道、苏荷商区里那些所谓世界主流不同的东西，又不想费尽心思去找，也就只有市集这一个选择了。对于纽约的节日市场来说，市集虽然是主力店铺模式的配角、作为其补充而存在，可这个补充举足轻重，纽约在节日季还能那么有趣、生动和多样化，让居民和游客都乐享其中，市集功不可没。很难想象没有市集的纽约节日季该是一副多么沉闷的样子。从这个意义上讲，市集才更像是纽约的明信片。

　　而说到底，这一切的灵魂是设计。生活在一座城市里的独立设计师和手工工匠有多活跃，城市的生命力就有多旺盛。跟中央火车站的市集比，联合广场和哥伦布圆环广场的市集虽也颇有节日气氛，可终究还是输了点人气，如果让我来怪罪，我就要怪那几个平庸的摊位，当然更要怪组织者的不坚持。门槛这东西，考验的可是整个城市的审美和定力。

　　这样的话，如果我们看看纽约另外一种跟市集相似的商业模式——街市（street fair）这十几年来的变化，说起来可能就更有说服力。

街市，正如它的名字所示，通常是在社区的主街上举办的一种商业。这些街道平时都是交通要道，在一个特定的时间里被截取几条出来，两头堵上封闭开摊。街市跟市集一样，也是由可拆卸的售货摊组成，不过相对市集，它时间短，只有一天；出现得更频繁，每个周末一次，按照时间表从曼哈顿上城往下城一个社区一个社区地流动，因此更像是社区活动，门槛也自然不如代表大纽约市商业水平的市集那么高。虽然如此，二十年前我刚到纽约时，还是喜欢按时间表追这些街市，遇到有街市出摊的日子，会像过年一样兴奋。那时候的街市也的确值得追，除了能吃到各种族裔的美食，也能买到别具特色的小手工商品。我第一次在纽约花钱，就是在哥大宿舍楼下的街市上买了一只设计感十足的墨绿色松木盒，大约 35 美金。还买了一顶戴宽布边的草帽，那是迄今为止戴在我头上最好看的一顶帽子，此时想来仍怀念不已。

不过现在，还能买到这样值得保留值得怀念的好东西的街市已非常少见了。这十年来，除了食品货摊没什么变化，大部分街市的商品摊都被长着华裔面孔的小商贩们承包了，而他们贩卖的，显然是从中国小商品市场囤来的东西。很可惜，这些东西大多面目低劣，缺乏基本的设计感，更不要说持久的美感，廉价到几乎随手可弃。自从这些货摊大举侵入街市，那些慢工出细活的手工品，比如用布鲁克林本地羊毛线织就的大棒针毛衣，富有强烈印第安风格的装饰物，用当地石头磨制的首饰等，就都被挤出了局。自从它们出局后，我也就有差不多十年再没逛过一次街市，即便正好路过碰到，也不过买些吃食罢了。

快时尚也许能在瞬间提高我们生活的幸福感，可终究难以持久，而它对我们生活的破坏却是致命的。这对于还处在起步阶段的中国时尚而言，也许是值得特别在意的经验。

我在北京居住的社区这一两年也开始在夏季举办周末市集了，没事儿时我也喜欢去逛一逛。它跟纽约成熟的市集形态还不能比，但比街市好些，也许是因为靠近中央美院的缘故吧，摊儿上终归还能看到三五件真正的设计作品，三五个真正想用创作打动路人的摊贩。不过要想吸引更多的人流，光靠这几个摊贩显然不够，总要有一道类似"门槛"的东西，让市集真正为原创设计助力。

2016 年 1 月
于纽约家中

11

八大道·日暮里·大红门

　　2000年初我第一次去巴黎波马舍百货商场，逛到顶层时，心潮很是澎湃了一下。

　　因为完全没想到那一层卖的，是我最喜欢的"针头线脑"：各种针，从手缝针到钩针毛线针；各种线，从棉线到毛线麻线；几乎所有我能想到的与女红手作有关的工具和材料，比如织（knitting）、钩（crocheting）、绣（embroidery）、十字缝（cross-stitch）、绗缝（quilting）等，都能在那一层找到。这在成衣业数一数二发达的巴黎，很令我意外；因为一向崇法的纽约百货店里没有，1998年我移居纽约后第一次回北京时，发现北京也没有了，所有从前卖针头线脑的百货店或百货形态都已消失，要买，只能去乱糟糟的农贸市场，在那儿也只能买到连线都绕不密实的小线圈。波马舍顶层的灯光看上去似乎比别的楼层都更柔和些，售货员也更和蔼些，让我不由想起童年家门口"真武庙大合作社"尽里头那片女红区，我们这一代人能在巴黎重温旧梦着实让人感慨。

后来走的地方多了，发现巴黎并非孤例，在几乎所有被称为"时尚都市"的城市，其实都存在着那么一个"女红"区。它们或是百货公司里的一个角落，或是一条街，或是一片街区，形态各不相同；更有意思的发现是，这个角落什么样，这座城市的时尚面貌也就几乎是什么样。

比如纽约。

纽约并非没有卖针头线脑的地方，不过由于历史形成的行业垄断，它们传统上没进入百货公司，而是集中在八大道里面。"八大道"是业内的习惯叫法，并非一条街，而是指时代广场往南往西跨几条街的一个街区，也就是旅游手册上说的"服装中心"（ garment center 或 fashion center ）。这个街区总面积只有 2.6 平方千米，却是纽约节奏最快的区域之一，鳞次栉比的高楼里活跃着无以计数的服装公司、展示室、加工车间外，还隐藏着大量像仓储库房一样的材料店。说隐藏，也并非修饰，因为很多店铺的确在街面上不设门脸，要乘坐电梯，甚至古老的手摇电梯上到几层楼上才能洞见，因此不是服装业内人或缝纫爱好者往往不会知道。

我知道，是因为二十多年前我在纽约服装学院上学时，老师给我们布置作业，其中一项就是逛这些材料店。说起来，我最后能坚持把学上完，八大道给予了很多勇气。

那时候最常逛的材料店一个是 B&J，一个是 Mood，当时都以销售布料为主。Mood 其时还没上过 Project Runway 真人秀，也还没搬到现在这个有整整三层楼的地址。我第一次进去还着实吓了一跳，因为那之前只在北京见过布店，比如前门的瑞蚨祥或新街口的大新纺织，都是井井有条的样子；Mood 里却货满为患，还有种闷不透风的气味。最初一进去就犯头痛病，以为被资本主义奢靡腐朽的气息所害。也的确靡费，来自世界各地的上好物料就被那么不加珍惜地堆在地上，顾客要挑选就必须野蛮地一匹匹翻找；而货架又总是堆得"顶天立地"，给翻找增加格外的困难，透着纽约资本家财大气粗的满不在乎和大大咧咧。

可是，只要熬过最初几次或最初几分钟的不适，奇妙的是，大多数人都能在杂乱中找到自己的所爱，比如来自埃及或土耳其最上等的棉布，Chanel 或 Dior 最当季的花色，又比如来自南美或北美的皮货，来自英国的古蕾丝、绣片等。这样的翻找，似乎过程越是曲折，结果也就越让人着迷。它首先让你相信，只要有耐心，就一定能找到好东西；一旦找到，也就会对自己更多一份信心。就像看古董字画，眼养得越好，欣赏这个世界的程度也就可以越深。同时，在这个过程中，你总在不断触摸、拉扯、观察材料，从心理和生理上跟它们反复接近，久而久之，无论布料多高等你都不会望而生畏，多低廉也不会轻视，这个经验对以后要跟各种布料打交道的设计师来说弥足宝贵。那时候每次从布店出来，我常一边骂着纽约的粗糙害我一身臭汗，一边又暗自庆幸可以享受如此丰富的市场，一边还会哼着"If I can make it there, I'll make it anywhere"的小调，兴高采烈地计划着要把购物袋里的布料变成什么样子。

变成什么样？这个问题既是我们对材料的发现，也是对自己的发现。比如，我发现，比起成衣店，我在材料店里逗留的时间越来越长，这让我意识到，买衣和做衣，我似乎对后者的兴趣更甚于前者。买的材料最后果真都做成了成品，我也就此确认我未来的生活可以在做文字工作之外多一种做设计师的可能。后来我自己衣橱里的很多衣物，比如皮帽、皮裙、印花长裙、短裙等就是这么来的，内衣就更不用说了。

有什么样的服装材料市场，就有什么样的时尚，这个认识最早就得自八大道。纽约时尚虽常常被欧洲人嘲笑粗糙又过于实际，可不少欧洲的设计师还是会选择在纽约时装周上出道，就是因为这个市场实在，不故作神秘，每个人都有可能从业余变为职业，从不可能变为可能，从虚无缥缈到落地生根。

又比如，糟乱归糟乱，在八大道的材料店里，我还曾跟伙计有过这样的对话：

"听说亚历山大·麦昆只用以取肉为杀戮目的的动物皮毛，你信吗？"伙计问。

"他不大用皮毛吧，用羽毛更多一些。"我答。

"什么羽毛？"

"鸵鸟，鸭子，还有孔雀。"

"那你呢，你也跟他一样？"

"我倒不怎么喜欢羽毛呢。"

"我是问，你也只想找吃肉的那些动物的毛皮？"

这段对话发生在十多年前，对话之后，这位伙计跟我做了一笔违规交易。这虽然让我在其后很长一段时间里不敢再去那家店，可对那时刚入设计门的我来说，能在材料店里遇到可以聊那种天的伙计实在是莫大的享受。就像后来我在曼哈顿很多法式街坊小餐馆里碰到端盘子的伙计能聊雨果、巴尔扎克一样，他们都打破了我对一些行业一些固有的偏见。

无论是哪个行业的伙计，这样的故事都必须是市场多年培养的结果。Mood 从开业至今已有 35 年，曼哈顿岛上类似的材料店也大多有这样长的历史，甚至更长，想速成或不能持之以恒都不可能让这些店出现和存在。这些伙计也因此不止能跟你探讨麦昆的思想，有的自己也成了裁缝，穿的是用店里的布料自己设计制作的衣服，其品相之好一点不亚于职业设计师。

实话说，还有什么比八大道的材料店更代表纽约的时尚态度呢？

东京的日暮里我是去年才慕名去的。

那之前我已经去过新宿高岛屋12层的女红区。跟波马舍相比，高岛屋的女红区规模更大，品种更丰富，分类更细，工具类的东西尤其引人入胜。跟当今世界许多高档百货公司一样，高岛屋大部分楼层很冷清，女红区却是个例外，付款处还总是排着长队。光顾者自然多为女性，年龄跨度却大。看到特别年轻的女孩子甚至幼童被母亲带着在货架上挑挑拣拣，我总是不由得多看几眼，不免想象她们的未来；想着想着也不免感慨：日本能在服装业引领世界创意潮流绝非没有缘由。这样一层楼的存在，就是培植创作梦想的土壤；来这一层的人越多，未来能做的设计梦应该也就越长久。因为说到底，创意设计从来不是空穴来风，最终也不能天马行空，没有机会用指尖触碰这些布料、花边、缎带，创意从何而来？

不使用那些挑线器、打孔和钉扣机，不真的动用剪刀、针头线脑裁剪缝制，即使有创意，做出来的恐怕也只能是一堆不能穿的垃圾吧。这样的遗憾，我在纽约服装公司里见识得太多了，很多设计师交到打版师手上的图稿，恨不得被后者撕碎，因为"一窍不通"，让他们完全无从操作。

除了高岛屋，听说还有条"纤维街"，我为此很快又去了一趟东京。从地铁日暮里站东口出来，走不多远，就看见一条清静的小街，街口竖着纤维街的标牌。像大多数东京的街面一样，纤维街干净、整齐、规矩，跟我依据纽约八大道想象的材料街完全不同。街两边开着一家家个体经营的小店，卖布、皮革、工具、零件等各种 DIY 材料。网上有人评价说这些店里头"糟乱得好像二三线城市的杂货店"，我看到不禁笑了，猜想那人一定没领教过别处材料市场的厉害。实际上在我看来，日暮里的店内跟店外一样整洁，与日本店铺普遍风格没太大区别。

日本商家一贯给人替人着想的印象，这在材料街上也有充分表现，分类足够细致、陈列足够清晰，查找起来十分便利，即使不懂日语的我，也从无障碍。卖家还为买家考虑周到，某一项 DIY 所需的材料常常全部被准备妥帖。比如我在卖皮料的店铺里，就看到一面墙裁剪好的皮带，像我这样没有多少制作皮包经验的人也大可以拿起来上手；而且因为颜色尺寸的选择丰富，不用担心最后成品不够个性。

不过，方便的另一面也可能是局限，有时太过精细，难免失去兼容并蓄的格局和任性而为的痛快；有时准备太过充分，也难免会夺走让别人自己去发现的乐趣。

如果说纽约八大道是为行业内或职业级别的设计者提供服务的，那么日暮里纤维街显然更在意为普通手工作者提供方便。我走进每家店都忍不住观察顾客的面貌，总能看到付款排队的人里有男有女，有学生，有家庭妇女，还有像我一样特意来的，也有手里已经拎着东西顺路来的，完全一副日常景象，颇有"清明上河图"里那样优哉游哉、不急不慢的市井之气。材料街如果能是很多普通人生活的一部分，可以想象，设计自然会成为这座城市的一部分。说到底，设计是为着让生活更美好的存在，在日暮里走上一趟，的确时常能感受到这份善意。

这样的善意，却也是需要经营的。

大约七年前，我第一次知道北京有个大红门，兴奋地跟着朋友去逛。虽然事先听过描述说那里如何大，可到了现场还是发现心理准备不足。

站在三环边一眼望出去，几十个顶着大招牌的市场，每个都比纽约八大道要大几倍甚至十几倍，要想从这一个跑到对面的一个，不开车估计就要跑掉一半力气。一拐过主路上侧路就看见让人心浮气躁的脏与乱，载货的箱车、三蹦子、载人的脚踏车逆行乱窜，各种生活生产垃圾污水四处泛滥。别说逛街，在这里就是行走都感觉艰难。占地将近两百万平方米的商圈里，据说有商户近三万家，卖服装材料的约占一半，简直要用"汪洋大海"来形容。如此规模，内里却鱼龙混杂无标准可循，经营内容又多有重复。因此，若没有内行人指引，想找到合乎眼缘又不吃亏上当的店家不知要花去多少宝贵时间，对耐心是极大考验。后来我会开车的亲戚或朋友曾被我拉去帮我抬运布料，结果去过一次，谁都不肯再去第二次了。

"这个就算了吧，你自己去吧，我实在是头疼。"

对于没有职业欲望的人来说，大红门的确是个让人头疼、毫无魅力的地方。它也似乎从没考虑过要为吸引什么人做什么设想。而这似乎也符合我对北京时尚的认识：没有门道就连到哪里看门道都不知道；往往是已经拥有资源和拥有门道的人才能获得更好的生活，没有门道的人仍然无法通过这些途径把生活变得更好。

好在，第一次带我去的人颇懂门道，很快就把我带到我要找的布店。进去之后，我就再没出来，一直待到店铺打烊。

　　无论怎样，在大红门买材料都是个繁重的体力活儿，要对付脏乱差的环境，体力不足不行。而一旦找到了满意的店家，要对付自己非逛到精疲力竭不肯罢休的兴奋，没有充足的体力更不行。大红门里的好东西其实不少，比如我就碰到过好几种手工麻，都是在世界其他城市没遇见过的，被我拿来做的麻包，背着走在纽约街头也会被人询问出处；被我拿来做的睡衣，用意大利、日本蕾丝装饰后，也有种特别细润又特别飘飘欲仙的风情。只是这样的好东西，常常被淹没在热火朝天的种种乱象中，找起来需要超乎寻常的耐心，这在别的地方可能不算什么，在大红门却特别不易，因为有时需要的甚至是勇气和信念。

　　如果信念不够，那么好的麻，很可能就没有被人赏识的机会。去过这几家店铺很多次，每次都见到门可罗雀，无人问津，看着就惋惜。

　　而更惋惜的是，听说大红门市场内所有仓储业态的店铺将在明年被全部迁移，就是说，以后再回北京，我将又没有材料市场可逛了。虽然对大红门抱怨多多，可让它就这样彻底消失，我还是心有不甘。这样一来，北京离时尚之都的标配是更远了还是更近了？对于北京的很多时尚现象，我常爱问：是真的非此即彼，没有一条中间道路可以走吗？对大红门，同样的疑问就更强烈些：为什么就不能把它变成日暮里，或者变成八大道也行啊？彻底拆除是唯一的选择吗？

一座城市有什么样的针头线脑经营模式，就几乎有什么样的时装工业结构和品位。这一点发现，现在看，还真是没错。

2016 年 3 月
于纽约家中

12

Window Shopping

4 月的一天，我在曼哈顿第五大道上闲逛，忽然在一家店铺的橱窗里看见一条印有菠萝图案的长裙，不禁哑然失笑。想起刚到纽约时第一次申请就读纽约时装学院，按照要求，要以一种水果为灵感提交一件设计作品。我到水果店里转了又转，最后相中的就是一只菠萝。可那时完全不懂灵感是什么，每天对着那只菠萝端详，最后画出来的却怎么都还是菠萝。结果，毫无悬念地被学校拒绝了。

说起来这已是整整二十年前的事了。

二十年前我到纽约第一次逛第五大道的情景还历历在目。刚从北京来，看见任何一家店铺都觉得过于华贵，门卫又过于威严，常常胆怯得不敢进去，只能站在橱窗前观望。那种心情，跟电影《蒂凡尼的早餐》开场时嚼着热狗、站在奢华的 Tiffany 橱窗前的赫本既相同又不同。

相同的是，都对纽约有所期望；不同的是，我还没体会到如此热闹的一座城市如何也能让人有蚀骨的落寞。橱窗之于我，倒像是我能躲避未知的一种保护。

"这也是一种逛街法儿啊。"老纽约客劝慰我，"叫window shopping。"

哦，原来这还是一种名堂呢，心下顿时安妥起来。

后来，做设计师做到一定时候，最快乐的事莫过于可以到世界各地逛街，逛橱窗也就成了家常便饭，其乐趣有时甚至超出进到店铺里面逛。店家做橱窗不外是出于广告目的，因此店铺或品牌的精华，或者季度最有代表性的单品（我们称之为 key item），通常都会摆在橱窗里，一目了然。可以说，橱窗启蒙了我对时尚的兴趣；后来世界各地的橱窗则帮助我保住了饭碗。我可以无所顾忌地站在橱窗前画图、拍照，借鉴别人和别的领域的想法，我的很多设计灵感都是从橱窗得来的。

现在，在我维持的日常习惯里，有一项是每周散步式地闲逛一次曼哈顿或布鲁克林，一次走上至少四五个小时。沿路的橱窗在这样的散步里也是 key item，它们提醒着我四季的变化，色彩的变化，心情也随之发生着各种各样的变化。

Window shopping，有人译为"橱窗购物"，这肯定不是最贴切的译法。解释起来，它是逛街人游走于店铺门外却不发生购买的一种行为，直白地说就是"只看不买"。有人逛橱窗，目的是为打发其他两个活动之间的时间，或为以后实际购买作准备。它最吸引人的地方便是不必花钱就能享受到时尚文化的诸多乐趣。

要实现圆满的 window shopping，首先当然是要有窗可逛，其次要有逛的人；两者能完美结合的地方，大多才有好橱窗可以享受。

要说世界上最有橱窗可逛的城市，伦敦、巴黎、纽约肯定都在榜上。这些城市都早在 19 世纪就有了橱窗展示，只不过早期的橱窗并不多么带劲。英国人自信于"产品会为自己说话"的原则，店家们相信他们卖的铁锅只要是英国制造，那么无须广告，每个消费者就都应该知道它至少能用上几代人。巴黎的橱窗也更多是即兴随意的创作，20 世纪 30 年代，有位美国记者曾记录过这么一件趣事：他想采访刚出炉的"橱窗布置比赛"获胜者，结果发现来受访的人竟是店铺门童，而且那面夺魁橱窗是他用下班后的业余时间布置的。在时尚方面一贯"哈法"的美国记者不免尴尬，可他很快又发现巴黎的店铺大都有类似故事，时髦商店里几乎所有的女销售都有这种与生俱来的才能：随随便便就能在一把椅子上用绸缎捏出漂亮的褶皱，或者随意取些小物件就能把橱窗立刻装饰出某种时髦味道。

不过这种随意性在战争时期受到了挑战。一方面，战时商业萧条，百货商场门可罗雀，商家之间的竞争激烈，橱窗就必须发挥更重要的作用；另一方面，原本以为这些时尚城市会因为战争而变得了无生趣，可实际上，即使在最黑暗的时期，街上的路人还是会在橱窗前徘徊，即使没有能力购买那些漂亮衣服、皮货、珠宝首饰等，他们的眼睛还在渴望看到新东西。这时候店家意识到只把一堆物品摆放在橱窗里，已不能满足路人对美好生活的向往，也不能吸引更多人的注意，于是开始花心思请艺术家或在艺术学校读书的学生对展示物品做更恰当的布置，以便更好地呈现它们的美。专业的橱窗艺术就这么诞生了，而且还挺有态度。这态度便是对商业需求与艺术家个体该如何完美结合的考量。

人体模型（mannequin）的形象，是个非常好的例子。

人体模型是橱窗展示里一个重要元素，出现在橱窗里的机会最多。实话说，如果看现如今店铺里那些单调乏味的人体模型，可能很少有人能想到，早期的橱窗艺术家们是如何热情地拿它们当雕塑作品在做的。用什么材质，布、木头还是塑料或者玻璃？雕塑成什么样子，是注重风格，还是实用性？脸上是否该有表情，身材尺寸该多大？所有这些，艺术家们都认真考虑过，不是随便弄得像真人就罢了。

　　20世纪50年代是橱窗最活跃的时期，我在翻阅当年橱窗设计的画册时，常对着那些生动的黑白档案图忍俊不禁。瑞士的设计师孜孜以求把人型雕塑出有体温的效果；德国设计师可能不那么讲究艺术性和风格，却追求非凡的灵活性，几乎可以让人体模型摆出人体的各种姿势，真的是灵活到指尖；意大利的设计师则着力于让衣服和布料看起来像是穿在活的女性身体上……不过，艺术家们在介入橱窗设计的一开始就知道他们必须遵守的一个原则是：人体模型的艺术设计不是终极目的，它的终极作用还是推销其他产品。这倒也让人型雕塑得以自成一体，成为一种有别于其他艺术雕塑的雕塑种类。

　　也许是因为今天的推销手段比20世纪50年代多了很多，今天的人体模型远不如那时那么有趣，我们也很少听说哪个有名的艺术家参与过人型的设计。现在的人型大多批量生产，店铺也批量购买，店家们可能唯一动点脑筋的，是尽量让自己的人型跟其他店铺有所不同，而且尽可能地反映自己店铺或品牌的风格定位。以纽约为例，高档百货公司 Saks Fifth Avenue 喜欢使用灰色玻璃钢人型；"维多利亚的秘密"喜欢用绸缎或者蕾丝的布面人型；Polo Ralph Lauren 的人型总是一副浓眉大眼美国大妞的样子。总之，即使不看店铺的名字，我们也能从人型

巴黎 Montclair 鞋店橱窗，设计者：Dominique Firsca

选自参加棉布竞赛的一面橱窗展示

纽约 Bonwit Teller 百货公司橱窗，设计者：Gene Moore

巴黎老佛爷百货公司橱窗，设计者：公司展示部

上一眼辨认出这是哪一家。人体模型实际已是店铺的标识，自身就是一种商业广告了。

　　跟法国的随意性比，英国和美国的橱窗艺术则比较快地由艺术家工作室操作，发展成了一种自成系统的工业。英国人在 20 世纪 30 年代末就总结出四种橱窗展示模式：一是展示物品，这是至今仍占主导地位的一种。二是由伦敦或其他大城市里的领袖品牌赞助的橱窗展示。今天的大百货公司大多延续了这一传统，每面橱窗都会交由不同的品牌来做。三是销售某种概念的橱窗，也就是讲故事的展示方式。这是能给艺术家发挥原创和独创性最大空间的一种。这种形式在节日季最常见，纽约从感恩节开始，第五大道上的几家高档百货公司就会相继推出有主题故事的橱窗秀，白雪公主、七宗罪等是常出现的主题，好像连环画一样。一到傍晚，在灯光秀的配合下，总有世界各地的游客在街边排起长龙观看。很天真，却也给曼哈顿增添了一种平民的热闹。最后一种，则是由国家级广告商赞助的橱窗展示。

有了这些美妙的橱窗，接下来要有的，就是逛街的人了。

英国研究城市橱窗艺术的专家说，一般而言，橱窗展示作为广告要瞄准的目标，是一群被形容为"无所不在的无名生物"，这些人被叫作"街上的人"。街上的人是身体和精神都有个性需求，同时也是热烈地期望着兜里有钱的、活生生的人。所有橱窗设计的根本目的都在于吸引这种人的注意，说服他们认识到橱窗所展示物品或信息的价值，最重要的，引诱他们购买。所以，街上的人是完成橱窗艺术的一个重要因素。也可以反过来说，一座城市如果没有足够多在街上的人，也就不可能刺激出优秀的橱窗。

什么样的地方会大量出现橱窗呢？

答案之一一定是可以散步的地方。在美国有关橱窗历史的记载里，20世纪30到50年代最出色的橱窗几乎都集中在纽约和旧金山。巧得很，这两座城市多年来一直是美国"最适宜散步城市"排名榜上的头两位。

巴黎的福布尔圣欧诺雷街（Rue de Faubourg St.

Honoré）更是一条特别值得讨论的街道。很多人描绘这条街时都用了 elegant 一词，其实它只是一条长长的窄街，但也许正因为窄，才能有世上最优雅街道的美誉。这条街上集中了很多大牌时髦店铺，也有一家挨一家的精品小店。如果你在左岸的圣日耳曼大街附近逛，会有走入死胡同或迷路之虞，在福布尔圣欧诺雷街上则完全无此忧虑，你只需笔直地往前走就是了。20 世纪 50 年代，这条街上曾多次举办橱窗展，因为街道窄，每次展期很容易就变成一个童话世界，每次都备受赞誉。也是，在我们的想象中，童话故事大多发生在狭窄的街上，白雪公主乘着马车抵达的那个舞会现场，肯定不会是一条空旷无际的大马路。

《纽约时报》有位记者曾描述过 20 世纪 80 年代的福布尔圣欧诺雷街：日头将尽，满街都是人，别人的购物袋不时蹭到你的腿上；咖啡馆里烟雾缭绕，充斥着窃窃私语；最后的落点是街上橱窗里展示的最新头饰。那情景既时髦也很家常。很多初到巴黎旅游的人，会去香榭丽舍大道或其他知名大道寻找漂亮的橱窗，可他们多半会失望，甚至自己家乡的主街都更漂亮有趣。真正懂巴黎的人，会知道香榭丽舍大道后面的那些小街小巷才应该是他们的约会地点。

纽约的情形更是如此，作为最早的工业化操作橱窗的城市，所有有橱窗的街道，都是最适宜散步的街道，第五大道、麦迪逊、SOHO、雀儿喜区如此，新兴的NoLiTa区就更是如此了。

总而言之，越适宜散步的街道，貌似其橱窗的魅力就越大。对于可以散步的城市而言，橱窗已是城市生活的一部分。波德莱尔住在布鲁塞尔时，对这座城市最憎恶的事情之一，是它"没有橱窗"！他甚至用了一个惊叹号表达自己的不满。在他看来，一个富于想象的民族必须是喜欢散步的民族，而有橱窗则是城市散步的前提。一个没有橱窗的城市，就是剥夺了想象的乐趣，剥夺了与城市里其他人发生关联的可能，这样的城市哪有趣味可言？

尽管很多人可能没多少时间和心情常常驻足在橱窗前观望绿松石发卡，我却仍喜欢在黄昏或没有强烈阳光的日子，沿布鲁克林绿点小镇的富兰克林大道悠闲地往威廉斯堡、再跨过大桥往曼哈顿走去。

我知道，以为可以凭着自己脚步的规律就感觉自己能属于一个地方，这是幻觉。

不过，幻觉通常也是很顽固的。

2016 年 5 月
于北京家中

13

再见里昂！

里昂城里有两条河，索恩河与罗纳河，把市区分为三部分后在南端融汇，左边是老城，右边是新城，中间狭长的半岛不老亦不新。

从开始做内衣设计后，算上这次，我一共去过里昂六次，六次都为参加世界最大规模的内衣展 Salon International de la Lingerie。不过上次去是十年前了，我还在纽约做全职，跟着老板。没想到从里昂回来的第三天即遭解雇，虽然伤心，可想到老板的损失更觉得抱歉。另一个没想到，是里昂的内衣展也被终止了。据说是因为受到太多人抱怨交通不便，而且多数人去了里昂还是要去巴黎，于是，原来一年两次两座城市轮流坐庄的内衣大展就都归了巴黎，工业的后来者很多便只知魏晋不知有汉了。当时听闻此信，我认定这将是很多人的损失，因为要不是展会，恐怕很多人一辈子也没有去里昂的机会；即使去了，也见识不到里昂办展会时的迷人。而这次相隔十年，因为撞期世界杯，巴黎展会临时挪回里昂，我发现，这十年的空缺又何尝不是里昂的损失。

历来展会对于大部分业内人而言，都像是一次度假，服装工业可能尤其如此。从忙到要吐（血）的繁杂事物中暂时抽离出来，到一个与你的生活毫不相干的地方住上几天，每天不是发现美就是享受美，随意逛任意吃喝；虽说逛也是工作，可终究不用顾虑要命的"deadline"，这听上去的确就像度假。不过，这种因为展会的度假与真正的旅游度假终究不同，设计师心里可能比谁都明白。比如现在，就有很多顶级设计师抱怨一年有太多的秀要做，他们已经没有了旅行的时间。不能旅行为什么要抱怨？因为"到另外一个地方去"实际上是每一位设计师培育灵感的途径之一，是完成设计不能缺失的环节。但去哪个地方又是颇为讲究的事，不是所有的城市都能满足我们既在度假又在工作的要求，而里昂却能，它过去在展会期回报给我们的态度总是那么完美，让人难忘。

那时候我总是提前一两天从巴黎坐火车过来，半岛上商业最集中的地段就已经扎上了展会的彩旗，主要道路上方拉起了各色与展会有关的横幅。时间正是9月初秋（不知何故现在被改到了7月），不热不冷，里昂老城里和半岛上的酒吧餐馆都敞开大门，做好随时待客的准备。那副洋溢的热情常让我错觉整个里昂城就是为展会而存在的，还不免因此惆怅：等我们走了，这座城市不会一下子冷清吗？甚至有过独自留下来看个究竟的冲动。

不过显然我是自作多情了。

因为两条河纵城而过，每次展会都会有一个与河有关的 party，最难忘的一次是在游艇上。Party 的主题多是与当时的某个背景有关，dress code 也会根据相应主题来设定。比如今年的 party 选在世界杯决赛夜，dress code 定为"白"。这样的 party 既能让我们饱享里昂醉人秋夜，也在热烈地提醒着我们到底是来工作的，因为周围每张脸你可能都在展会会场里见过，而准备衣服也考验的是职业水平。即使是未能受邀登上游艇，运气好的话，也有可能在河岸恰巧看见缓缓前行的艇上灯火，幻想听到推杯换盏的悦耳叮咚声。受了这样的感染，有一次我和几位老板半夜从老城跨过两条河进入新城往酒店走，正碰上街头小广场上响着舞乐，我那六十多岁的女上司一下子就拉起三十几岁男设计师的手，转瞬融入翩翩舞群。那副情景着实吓我一跳，要知道，他们在公司里几乎是死敌般的存在呢。

"里昂真是最适宜办展会的地方，"我不由感叹，尤其像我们这样的服装展会。

它小，但恰如其分，让你感觉在这里可以受到重视，而且是正当的重视；小却也足够丰富，能让你忘忧脱俗，却也时时提醒你艺术创作者该有的本性。每次在酒店安顿好，我都会立刻跑去半岛上和老城里闲逛。闲逛是对里昂最大的期待之一，逛上一天总是收获满满，只恨自己没有更强的脚力。那时候里昂城里可以逛的，除了各种教堂古建、近三十家博物馆，也有各式各样的成衣店及手工艺小铺，这些店铺沿索恩河东岸或红十字山一家又一家排下去，比如卖古玩的，卖生巧克力的，新鲜鹅肝酱，天然染料染的毛线，自制植物香料等，都让从事一份创造性工作的我充实又满足。

随性逛进店去，店主如果能用英语聊上几句，多半会问你是来参加内衣展的吗？我先还惊讶于他们会知晓展会的排期，后来年年来也习以为常了。虽然知晓，也不过是问问，让客人品尝到一点点缘分的滋味即戛然而止。这种不侵犯别人的社交态度让人格外舒服。不多问，也是因为能用英语交谈的店家其实很少；更要命的是，出租车司机也不能讲上半句，公交更一律只用法文标示。都说法国人傲慢不屑于英文，巴黎确实给人感觉如此，里昂却似乎不是。当地人很热情，可就是懒，懒得努力，甚至连营业都懒，铁打的中午一小时、周末整整一天的关门休息，时常让我抓狂。可他们就是摆出这副"有展会又怎么样，外来人休想打扰到我"的样子。我们不能打扰到他们，他们也不打扰我们。从表面看，展会一点没影响当地人的生活，我们看到的是最真实的里昂日常。

可是，办这种规模展会的城市怎么可能没有为展会做过精密的安排呢。

不是任何一座城市都能轻易举办一场展会，我们知道展会需要人员、交通、食宿等各方面极为科学和合理的配置，是对城市综合能力的挑战。不过这些配置还是在短时间内经过努力有可能做到的，所以我们说每座城市都有举办展会的可能。不过，能是一回事，是否适合又是另一回事，因为看一座城市是否适合展会，最终看的不是那些人为的、看得见的准备，而是那些无论你如何周密计划、如何精心配置都无法做到的无形准备，比如待人接物的方式，不动声色的配合，其实就是足够的文化积淀产生的保持自我的信心。里昂，在我心里就是一座特别有这种自然准备的城市。

那时候的里昂只有短短一条小街聚集着奢侈品牌店铺，更多的则是本土品牌和本土杂牌。不过即使杂牌也不乏风情，我的衣橱里至今还留着几件当年买的 T 恤，鲜艳、大胆、醒目的撞色胶印大花，与巴黎的含蓄中庸大不一样。即使是同一个品牌，在里昂似乎也比在巴黎更有风格些，比如我曾经无比钟爱的 Cotélac，虽然最早结识于巴黎，却是到了里昂才产生了非买不可的冲动；而且因为太过喜欢它店铺的位置和里面的装潢，甚至销售员的口音，"每年去里昂都要去 Cotélac，每年去都要买一件它的衣服"成了像买旅游纪念品一样的信念。Cotélac 在我心里好像就是只属于里昂的，不再列入巴黎逛街清单。里昂还有一家很出色的内衣买手店，那时候没有可以照相的手机，数码相机也尚未普及，我就常常躲在试衣间里偷拍那些高级衣物，不小心弄出声响时总是战战兢兢。

从道理上讲，里昂举办内衣展的资格一点不比巴黎低，因为百年来它一直是法国纺织和编织的中心，有"欧洲的丝绸之都"之称。半岛北侧的红十字山又叫"工作山"，是传统的丝绸作坊区，以丝绸工人多闻名。离著名的白果广场几条小街之外，还有座建于 1864 年的"纺织品博物馆"，据说是世界纺织品最大的藏家之一，收有250 万余件文物，收藏跨度 4 000 年，涵括各种纺织技术并覆盖世界地理各个区域。还有相当好的珍品档案室，像大都会博物馆一样，可以借阅出来翻看。不说别的，就是馆藏的爱马仕古老印花图案，就足够令人叹为观止了。

等我去里昂展会时，其纺织业实际已开始式微，很多人谈起里昂更多的是谈它的美食了。拿红十字山来说，去过的人也很少会有与丝绸或丝绸工人的巧遇，大多提及的是它美丽的风景以及每条街上的咖啡馆，最多还会提一句那里的画廊和艺术品店。可即使如此，城里跟纺织业有关的店铺都仍然一派欣欣向荣气象，现在想，这何尝不是跟一年一度的国际内衣大展毫无关系呢？服装的发展与一座城市的关系等我十年后再访里昂，就有了更多的回味。

怎么说呢，隔了十年重游一座从前去过不止一次的陌生城市，就注定会是旧与新、失落与欣喜的百感交集。大凡任何一座有规律性连续不断举办过行业展会的城市，应该都是如此：你去过几次，就肯定有几次的回忆；叠加在一起其实也是你对在这个行业内存在的记忆。这次去，我发现办展会的城市应该有的样子，里昂似乎都还有，只不过跟回忆比，它给我的失望也是那么真实。

比如住。以前去，都是住在罗纳河东边所谓的新区（巴迪区）里。新区离会展中心近，而且有大巴接驳；可是新区其实只是个半夜歇脚的地方，除开展会的所有时间，我们一准儿是马不停蹄跨河到半岛上，然后再跨一条河到老城里消磨。因此这次毫不犹豫地选择了住在半岛上，却发现半岛已没有多少便利。仍旧处处可见的"懒"，早起八点多赶公交去展会，号称里昂第二大的佩拉什火车站里，一家点心店铺都没开门。这种懒，已经不是先前那种殷实后的慵懒，而切切实实是一种萎靡了。要在中国，尤其是南方城市，这样的情形完全不能想象。

这次到里昂的当天，出于工作目的，立刻想去从前去过无数次的那家高级内衣买手店，可是 Google 多次均无结果。抱着侥幸过去，在那几条街上走了好几个来回，最后无奈接受了它已不存在的现实。所幸 Cotélac 还在，只是地址变了；仍旧兴冲冲地赶过去，发现它从原先那条静谧的胡同口搬到了热闹的白果广场一侧，且风格大变。从里到外，从装修到衣服本身，跟巴黎、纽约的 Cotélac 都看不出有什么不同，已经是个更成功连锁、也就失去更多独特性的普通品牌店。最最遗憾的是，索恩河东岸以及老城区里原先密密麻麻的本地小店铺，现在所剩无几；用心地找过那几家曾经最心仪的巧克力店和像芳邻开的鹅肝酱店，也都无果。从前店铺的位置大部分成了餐馆。餐馆是什么？虽然里昂有"美食之都"的美誉，可一座城市如果只剩下餐馆，在我看来，是这座城市走向纯粹旅游城市的重要标志。里昂这一次给我的印象，就是一座离地道的旅游城市不远、已经不可能再是展会的城市了；两者的区别很明显，后者要来客迎合当地生活，而前者是要迎合来客。

造成里昂当地生活缩减、状况衰落的原因是什么？我说不清。周末我正好在河岸碰到一个旧货市集，摆摊的那些物品看着真让人沮丧：摊主怎么有胆量把它们拿出来呢，要知道，这是里昂啊。看这些物品，可以想见一般人家里的吃穿用度现在是个什么情景。似乎缺席办内衣展会的这些年，里昂失去了很多与纺织业、又不仅仅是与纺织业有关的生活发展的激情。

我们常听人说，穿什么衣服有那么重要吗？或者无法判断，服装能对我们的生活、对一座城市的形象产生什么影响？看到里昂这短短几年的变化，大概就能看出些答案。

服装业的衰落，绝不仅仅是服装业本身的衰落，它必然可以作用到生活很多方面。里昂 Expo 展览中心拥有11万平方米的展览面积，比巴黎的大好几倍，它曾经举办过也仍在一日接一日紧密地举办各种展会，比如这个11月就有环境工业与设备、美容美发、古董汽车、有机农场、家庭及庭院装修与装饰展等，几乎没有一天中断。可是服装展却少之又少。一个缺失了服装展的城市，是否能连带街头巷尾的服装店也缩减？这恐怕是我们很少想到的。我相信这其中的原委肯定比多一场还是少一场服装展要复杂得多。可是作为一个服装类的设计师，我所能观察到最直接的现象大概就是这样吧。再继续想，街头如果没有了服装店铺，那这座城市的服装业会是什么样？服装店的大量减少以及品质的下降，对其他品类商业的波及，在里昂是如此显而易见。

自然，这绝对不止是里昂一座城市的现象。

回到北京，除了怅然若失，也有一种不真实感。加重这种感觉的，是突然发现左大腿内侧多了一块碗口大小的淤青，且颜色一天天加重，从青到红到黑，差不多整整两星期才彻底消失。想是磕在了哪里，可磕在哪里了呢？百思不得其解时，突然想到只有一个可能，就是欧洲杯决赛那天，我和两位伙伴近距离遇上街头发生开枪事件，狼狈逃窜中受了伤。

这次里昂行，欧洲杯决赛日的奇遇算是个意外。在里昂遇到世界杯决赛，而且法国队是决赛一方，实在是百年不遇的运气。那天白果广场上据说聚集了几万人，多是血气方刚的年轻人，广场周围居民楼上敞开的窗口边也挤满了年轻的面孔。警察早早把住各个重要路口，当我和伙伴们离开展会举办的白色主题 party 回到岛上时，已然只有外围街道可以进入了。好在酒吧街就在外围，只是已空位难求，所有酒吧为保证早早就做好预订的客人利益，用各种围栏将入口围死。于是不断涌入的人，比如我们，就只能挤在街口。每一个十字街口都水泄不通，各种吵闹声浪一阵盖过一阵。先是人声，继而摔酒瓶的爆裂声；再继而，就在我们所站的十字街口，几个裸着上身的男孩子终于打了起来。那一阵欧洲尤其是法国风声鹤唳，我们一边说着"还是不要在这种人多的地方吧"，一边又舍不得那样的时刻："万一法国队赢了呢，万一呢。"就在我们犹豫之时，枪突然响了。

决赛结束后，我们随着失落又汹涌的人流向里昂的各个方向散去。马路上不时传来汽车喇叭声、代表决赛双方球队的粉丝对抗声，各种狂乱发泄声，都让我心里虽有一丝丝恐慌，可还是对那个夜晚的一切感觉新鲜和刺激。

可是刺激终究是短暂的，回到北京，要不是这块淤青，我已经完全忘记了那个夜晚；甚至连开枪事件到底成没成社会新闻都没有好奇。记得更真切的倒是，展会上从前对我最热情的那个供货商已完全记不得我，也忘了我曾经从她手上下过多少订单了。现实是，如果里昂不再举办内衣展的话，恐怕我也没有再去的可能了。供货商老了，我也不年轻了；可不是吗，连法国美食旗手、里昂人 Paul Bocuse 也从他自己那家米其林三星餐馆退休了。

2016 年 11 月
于上海淮海中路租住房

14

现在是内衣设计师的季节吗？

10月上旬的一天，我的微博和电子邮箱里，突然同时出现数条口气相当急迫的长信息。匆匆看下来，是一家投资公司想与我电话交流。

我对投资圈所知甚少，在这家公司发来的投资业绩简介上，看到几个相当有分量的名字，其中特别吸引我的是一家内衣公司。身在内衣这一行，已经注意到最近网上连续出现几篇关于这家公司的报道，均称其"利润下滑"，甚至有文章的标题借此夸张道："胸罩内衣突然卖不动了"，内衣业"遭遇寒冬"。

这家投资公司找到我，应该与我的独立品牌 EMILY YU 从去年开始进入中国市场有关。去年我也以设计师身份与国内某 APP 模式内衣公司合作了九个月，有机会接触内地销售平台和产业链，算是比较切实地进入了中国内衣市场。

和投资公司足足聊满 120 分钟，不知是对方过于谨慎，还是我过于迟钝，挂机后才明白，我们的通话云里来雾里去半天，对方其实是想让我回答"内衣行业未来该怎么走？"

内衣的实体店哪儿去了？

不久前，我和做了多年内衣经销的朋友慧姐通电话，一上来就听到她沮丧的情绪。

我与慧姐结识于 2011 年，那时她经销内衣已有十年之久，在北京星光天地、燕莎、赛特等几家高端商场和购物中心内衣区都设有零售点，经销意大利高端内衣品牌 DANA。再后来，她曾自己加工生产相对低价位的内衣，在几家奥特莱斯中心销售，走的是在欧美已相当成熟的相同品牌高低端搭配、走质与走量互为支撑的路线。最初几年我每年回国都会去她的店里看看，看她奔波忙碌却也乐此不疲。这一年没联系，她明显失去了过去的兴致勃勃。对她来说，寒冬的说法似乎并不夸张。

不过，她大声说："不光是内衣，所有的成衣实体店都是如此！"

以前，入驻北京燕莎店的商家，每年营业额必须增加十个百分点，否则就要被物业清退；而现在已改为降低十个点以内，能完成任务的仍寥寥无几。尚未撤店的盈利或增长大多几乎为零。可见，眼下购物中心的零售已经不是物业昂贵或过于强势的问题，而是物业与商家该如何共渡难关的问题。

"不知道还能维持几年？"慧姐迷茫地感叹道。

不过实体店的寒冬似乎并不只是中国的。今年我相继去过里昂的全球内衣展，两次去东京，也在纽约前后住了半年，这几个地方除了东京还让我有接连不断的惊喜外，其他城市的内衣都有趋于暗淡之势。里昂从前的内衣展是全球内衣界最高规格的展会，规模最大，品相最好，今年，参展品牌却少得可怜，能让人过目不忘的更是几乎没有。十年前我每次去里昂都要逛的唯一一家高端内衣买手店，今年也已不在里昂购物指南上了。

纽约的内衣实体店在各个层次上发生的或大或小的变化也相当明显，店铺关张和面积缩减频繁发生。意大利高端内衣品牌 la perla 今年初撤离雀儿喜区，现在曼哈顿只剩两家门店。我最钟情的 Kiki de Montpanasse 上半年撤出苏荷区，转移到租金相对便宜的翠贝卡区，让我心疼不已。纽约最著名的内衣私营买手小店"小调情"，铺面房从两大间整齐地砍掉一间，现在路过，已很难见到从前总是高傲无礼拒绝设计师入内的老板娘瑞贝卡了。被誉为"年轻设计师出道摇篮"的 Barney's New York 百货公司，内衣区曾占据六楼西端整整一片，曾是我最爱的部分，两年前面积已缩水三分之二，今年更加缩减品牌和品类，成了整个Barney's最沉闷的角落。以美国为最大销售市场的伦敦奢侈内衣品牌Agent Provocateur，今年11月也对外宣布，由于过度盲目的全球扩张造成战略失误，集团决定关闭零售网络中30%的门店。"维多利亚的秘密"今年节日季虽仍有欢天喜地之景象，不过细看很多系列都透着粗糙廉价。前年节日季，我的设计师朋友茱莉亚的设计占据所有维秘店铺位置最好的橱窗，去年底她被辞退了。我们开玩笑说，难怪今年节日季的"维秘"毫无亮点了呢。

"美国市场为什么会发生这些变化？"我问茱莉亚，她回答是消费者消费方向的转移，原先花在衣服上的钱，现在更多花到了旅游和运动等生活内容上。连她自己都到运动品牌Champion任职了——我替她惋惜，可是没办法，她说，只有Champion能给予她所要求的薪水。现在，她已经被前卫运动品牌Lululemon招至麾下，不但彻底离开了传统内衣行业，也搬离了纽约。

纽约的几大传统商业区，的确都对这种转移做出了快速反应，上月回去，看到运动品类店铺突然增加不少。铁熨斗商业区今年上半年还是DKNY、Black and White等成衣品牌的店铺门面，10月已悄然变脸为运动品牌Sweaty Betty和Athleta。仅苏荷区在谷歌上列表出来的运动品牌店铺就有 36 家，老的包括 Addidas, Northface 等，新的有 Lululemon, Athleta, Under Armour, Nike, Sweaty Betty 等。（不过我最喜欢、价格也最高的 VPL 却关张了。）Nike 原先在苏荷区只有一家小巧的体验门店，下半年在百老汇和春街把角取代一家咖啡店拔地而起一栋五层高楼，规模不亚于五十七街旗舰店。如今在纽约已坐拥两大店的 Nike Town，任何时候都人潮涌动，店员应接不暇，不夸张地说，现在应该是全纽约最忙的店铺。

相反地，成衣品牌却在缩减。DKNY 到今年 11 月止，全曼哈顿只在西百老汇街上留下一家店铺，其余全部关张，连被风水大师算过的麦迪逊大道旗舰店也未能幸免。

没有削减的成衣品牌店铺，很多相继新添了"resort"（度假）品类，比如 Ralph Lauren, Micheal Kors, 甚至 Coach。二十年前我刚到纽约时，内衣品牌 la perla 是一家专卖泳衣的小铺，这一季架上也出现了回归起点的"休闲度假内衣"系列。

留一条可逛的街有多重要

中国的西式内衣业才起步三十年，尚未像欧美市场那样成熟，很多品类还不完善。但很可惜，实体店尚无机会得到充分发展，就被后来居上的网店及微店冲得七零八落。

电商对实体店的冲击当然不只在内衣业，更不只在时装业，这些都讨论过很多次了。像慧姐经销的意大利内衣品牌，件件东西都是真的好，当然价格也的确昂贵，动辄上千偶尔过万，她的消费者不可能从网上购买。如果实体店消失，这部分好东西就失去了面见市场的机会，见识过好东西的人也就会越来越少，恐怕连想抄袭的设计师都无从抄起。所谓水涨船高，没有挑剔的消费者，就不会有经得起挑剔的产品和店家。淘宝店能培养出什么样的消费者，能滋养出怎样的品牌，我们心里都有数。

对于网购，美国的品牌经营者经过最初的盲目热情，近几年态度似乎趋于保守。

除去一些完全不必要保留实体店的消费品类，比如保健药品的品牌店铺在网上有很高活跃度外，时装类的实体店受网店的冲击似乎并不大，时常能看到受保护的现象。至少品牌自己会对自己的实体店有所保护，不会让同品牌网店过于发达，与自己形成竞争。美国的网购比起中国，应该说差得太远，很多高端品牌的官网甚至不设立网购功能。对于这些资本雄厚的大品牌来讲，肯定不是资金问题，而是很大程度上的有意为之。我也多次注意到，有些品牌在网上和在店里的价格会有稍许不同，或保留时间差。比如同样都在降价季节，Polo 店里的降价力度通常比网站要大些，或者价格降得比店里早些。这样我才有动力去门店消费，店铺也才能维护交易额。从城市整体看，这样的保护措施十分必要，否则就会像现在的北京一样，已经没有一条像样的可逛之街；如果不加以保护，已经倒掉不少优质店铺的五大道会倒掉更多，被更多赚钱快的快时尚店铺充斥。而高品质的五大道如果没了，纽约也就少了一个地标。虽然是市场经济，纽约政府和精明的商人在这一点上的利益应该一致，都不愿看到这一幕出现。

Minimum！新设计师的难点和困境

今年7月我在里昂结识在美国内衣界颇有名气的设计师 Tina Wilson，随后邀请她为某内衣平台做了一组圣诞节日系列的设计。她出设计，我们生产。一路下来 Tina 兴奋不已，因为这是挂她名字的独立设计第一次有系统地进入生产环节，并最终进入消费者手中。我把这看作是买手制的一次创新，比美国老派百货公司的买手制更灵活，更快速，资源互利得似乎更合理。回想年初我之所以在"静养"七八年后决定答应国内这家公司的邀请重新"出山"，就是既看中其甘当买手这一在中国稀缺的角色，又对他们有魄力扶持我这样刚刚独立的设计师感佩不已，毕竟在中国愿意风险共担的生态已几乎不存在了。但显然，仅做买手利薄益少，所以，美国坚持买手制度的百货公司也大多有自己的自营品牌（private label）。国内这家公司现在也走上了这条路，让旧体制为新形式所用，创新中亦有对旧的坚持。只是这条路上所遇并非都是玫瑰，荆棘似乎更多，是否能走通还需要时间考验。

网店的一个好处是让出道门槛变低，于是现在有很多年轻人在创建内衣品牌或者准备创建品牌，不过他们要想坚持到成熟并不那么容易。我上周刚刚给国内这样的年轻人上完一堂"内衣课"，发现很多人其实还不知道该从哪里获得设计灵感，所有图书馆和艺术类院校都没有提供内衣设计参考资料的档案室，我们所有的服装学院都没有开设内衣专业，年轻设计师要想从起点上做到原创，储备十分单薄。设计不易，可更难的还在后面的生产上。

上月回纽约，我和 Tina 终于有机会坐下来喝茶聊天。我们俩其实曾前后供职于纽约最大私营内衣公司 K，聊起来上个十年我在公司时和这个十年她在公司时，公司最大的变化，Tina 说是价格被压得更低了——销售价格被压低，成本价格也被压得更低。公司高层似乎以为价格低了，人们就会进百货公司买内衣。可结果或许正相反。现在去 Macy's, Lord and Taylor 这些相对中档百货公司看，仍占据内衣区大半壁江山的 K 公司产品，就比从前乏味了很多，至少我没有任何购买欲望。Tina 说，美国内衣业前些年最大的弊端就是大公司垄断，造成对创造力的困扰。

她说的没错。1999年至2009年我在纽约全职做内衣设计的十年，正是见证美国内衣业大资本吞并小资本形成垄断的过程，几乎每天都听到合并重组的消息；也是见证这些大公司左右内衣业走向，并使压低价格成为可能的过程。压低价格的目的是"走量"，量是美国大公司垄断市场后的普遍诉求。十二年前我在K公司供职时，公司每月销售总结例会，如果某一款式得到的订单不足1200件，这个款式就会被老板直接扔进纸篓。据我另一位后同事说，现在这仍是公司制度之一。那十年，走了量的内衣生产一步步从美国本土移到中国，造成纽约服装区里大量车间和工厂倒闭。也正因为有了中国的大量代工，美国大公司才有可能实现量的一而再再而三的突破。

这种大订单制对中国工厂产生的影响巨大且深远。正面是，为国内培育出大量有资质的工厂，懂得职业规范，技术标准精良，甚至能用英语沟通。不过负面影响眼下也越来越清晰可见，随着中国加入世贸组织、人力成本上升，欧美很多订单转流至东南亚、南亚，甚至非洲、南美洲这些人力成本更低的地区，或者核算成本后干脆转回本土，中国开始出现大量闲置生产力。要让这些闲置生产力转变思维和生产方式适应中国内地市场，尤其是适应新出现的小品牌小公司，这些企业无论从心理层面还是技术层面都很难做到。

比如，据说南昌市有 40 多万人的生产力，现在每天只做几块钱的 T 恤。今年夏天，有企业邀请我去南昌做活动，他们问我能否为此做点什么？我说，我愿意做，可你们不一定。

因为接惯了美国大单，一听到年轻设计师较少的产品加工数量，这些工厂多半就会摇头。最近有太多想做内衣品牌的年轻人找到我，问我怎么办，希望我能为他们介绍生产厂家，我却无法给出令他们愉快的答案。这几乎是横在每个年轻设计师面前一道难以逾越的门槛。我自己这几个月在国内就遇到太多的工厂主，虽然我们都清楚地知道彼此需要，可最终还是会因为一个问题而失去合作可能：minimum！最小起订量。这是我这一时期最不想听却听得最多的一个词，每次听到，都倍感刺痛！因为这意味着你的设计不但受制于设计以外的东西，而且或许会失去实现的可能。

工厂为什么不愿做？举例说，要制作包文胸钢圈的桶布，必须先调试机器。调试不易，因此，调试一次后做 15 万件与做 150 件，生产厂商当然喜欢前者，拒绝后者。布料、辅料等供货商也如此。比如说，我看中一款漂亮蕾丝，做好样衣后，供货商才发现这一款蕾丝没有库存，可我们的制作量又不够他们重新开机。这时候我要忍痛割爱寻找替代品，真是种巨大的心理折磨。大到蕾丝、橡筋，小到背钩、零字扣，所有供货厂家一上来都会问：你的量是多少？染厂由于接惯大订单，大染缸已是标配，厂家常常不好意思地告诉我要额外收取小缸染费。所有这些成本，都会体现在产品的最终定价上，这也是新出炉的小品牌往往比大品牌贵的原因。实话说，进入中国产业链的最初三个月，我每天有大量时间都花在应付由于"量"而突发的各种问题上了。

生产企业跟我们设计师的感受其实一样——难做。因此，工厂倒闭时有发生。慧姐说，她身边很多拥有厂房的人干脆把厂房卖掉，连出租都不考虑，对这一行业的前景表现出绝对的悲观。

跟 Tina 聊天时，她曾乐观地认为，美国现在大公司垄断情形已在改观，跟中国一样，也出现了大量小型创意公司，为工业带来新鲜力量。"可小创意公司和独立设计师该如何生存？"我问她，她叹口气回答说："有些供货商已经意识到，小企业有一天可以变成大企业，所以常常可以就小订量做协商和妥协。"这样的回答似乎没有解决我的疑问：小企业变成大企业，那现在这些有新鲜力的小企业出现又有何意义？小企业真的不能持续做小企业吗？难道真的必须把量做出来才有出路？

带着同样的问题，今年夏天我去东京出差，特意约见了日本高端内衣品牌 l'Angelique 的设计总监 Tomoko，希望知道他们是否也面临跟我同样的问题，因为日本市场似乎走的是与美国不同的道路，一直保持源源不断的原创性和丰富性。Tomoko 听了我的问题，一反温柔决绝地说，"你是设计师，为什么要关心这个问题？"我问她，你关心什么？她回答说，"我只需关心什么样的设计是最美的就够了。"我又问，你选定了一款蕾丝，等进入生产环节时却发现，那个蕾丝被公司里做成本统计的人替换掉了，换用了另外一种更便宜的蕾丝，你有没有遇到过这样的情况？她非常吃惊，一副"这怎么可能"的神情，好像我们完全不在一个频道上。

虽然间接，Tomoko 的回答却也给日本市场做了某种解释——对设计有如饥似渴的追求，对独特性有积极认同，对创造力欣赏并配合，也有愿意为独特性买单的客户终端，所有这些环节缺一不可。我常在日本买布料，确实看到很多布料和材料店做的都是"小"生意。无论是纤维街还是吉祥寺的高档布店，我买一匹布，一个月后想再买时，常常发现已经没货。而且没了就是没了，不会再生产。日本商家不做长线，不做大单，更新率高，最初让我既羡慕又略感不适应。后来学会应对方式：看中的材料就要快速囤货。Tina 对这一点颇为赞同。她说，"当你专注并真诚相信自己的品牌时，你就可能做到最终用掉所有订购的布料。"这其实也是在培养和考验设计师眼光和决断力，会让设计师减少犹豫，变得更有完成的勇气。毕竟某种意义上的完成才意味着我们与人生的博弈有了暂时的结果。但所有这些，总归还是要有肯帮助我实现生产的人，否则我的完成就不可能完成。

碎片化中的更多可能性

我在美国的设计师朋友 Cilia 与朋友合作婴幼儿童装公司，我们 10 月在纽约见面时，她不无焦虑地告诉我，公司今年订单量下降很多。我以为是下单客户减少了，她却说其实客户数量还比以前增多了呢。就是说，客户虽多了，每个客户的订单数量却少了，市场变得碎片化。连 T. J. Maxx 这样的折扣超市，以前都是从他们现有设计中挑选适合的款式下订单，现在也要求独家设计了。这倒跟我最近的观察一致，做小而精、针对性更强的产品会是未来的方向。

美国的很多内衣精品小店已经很精了，比如 le petite coquett，Journelle 等，可是我今年回来发现，它们无一例外都更精了。以前虽主卖性感产品，通常仍会搭配几种特别基础的款式，但这次回来看到，很多基础款都下了架。精品店里的品类更少，价格跨度更小，针对的客户群也更狭窄。

市场变得碎片化，肯定是对消费需求的应对。

前几天我和助理 Fancy 路过浦东小镇，看见路边隔不远便有两家熟悉的店，是 1998 年创立于广州的内衣品牌、也是较早入驻商业街和步行街、曾在全国拥有 8609 家门店的"都市丽人"。小助理感叹说，她在江西南昌的母亲根本不会逛这样的店，因为十年前她就已经买千元的内衣了。这样的店是什么？至少在我们眼中，它的陈列内容无论款式还是颜色都欠缺国际语言，连锁的经营方式也老旧，连锁越多吸引力就越少。

时尚是最喜新厌旧的，欧美过去二十年时尚发展迅猛，由它带起的快速度仿制的风头如今已露倦态，虽然定价便宜，消费者对"大规模"这种东西还是产生了审美疲劳。快时尚连锁品牌自己也早就先于消费者意识到瓶颈，H&M，ZARA 等都已开始转型新方向，积极寻找小众的东西，有规律地推出设计师品牌合作款，小批量、独家款，一天就可以卖光；或者出一些工作室限量版（studio edition, limited edition），尝试用小量"饥饿销售法"吸引顾客。大家厌倦了穿得相似的廉价衣服，物极必反，转而追求小而精。尤其是现如今每个女性的个性都越来越强，也就越来越忌讳跟别人"撞衫"。虽然内衣是穿在"里面"的衣服，可能对大多数人来说撞不撞衫没那么重要，不过当女性主义已经把身体当成武器的时候，内衣就绝不仅仅是"里面"的衣物了。

在我看来，东方人的审美更为细腻。况且我们小时候大都有穿过母亲亲手缝制衣服的经历，她们的缝制肯定独此一家，我们因此很早就受过与别人穿戴不同的教育。从这个意义上看，淘宝有它存在的理由和积极的一面，至少其丰富多彩令全世界羡慕。实话说，现在什么东西不能在淘宝上找到呢？即使淘宝找不到，现如今各种各样的 APP 平台，比如小红书、一条、雅趣等，还会更积极努力地帮我们找。所以，如果碎片化能使我们对生活有更多选择也不失为一种美好。现在国内的一些 APP 平台来我这里订货，会直接说我们就是要跟别人都不一样的东西。这，应该就是商业的敏感和进步。那么，生产方是不是也放下固有的幻想，尽快寻找到合理的配置，像日本那样，为设计力做好必要准备，助力中国内衣真正出现原创优质品牌？

也许是内衣受到越来越多关注，我今年接受的采访突然多了起来。大多数采访者会问：你理想中自己的品牌最终是什么样？我的回答多半是：把自己这个极其小众的品牌经营好，每个季度能顺利出一组自己满意的设计，让那部分喜欢我的人能继续喜欢我。虽不易实现，可也正是理想。

2016 年 12 月
于上海淮海中路租住房

15

皮草：

为什么想穿又不敢穿？ ————

在所有的服装材料里，皮毛跟人的关系可能最为复杂。

有年冬天，我戴着自己做的一顶狐狸皮毛帽下班回家，碰上一条被主人牵着遛弯的狗。那尾巴撒着花的家伙迎面过来，突然停在我前面一米远的地方，抬起眼睛，迷惑又温柔地歪着脑袋盯着我看了一百八十度；脖子都快拧断了，似乎仍难决断是不是应该扑上来跟我打个那种通常同类之间才会打的热烈招呼。那个瞬间我真有种"啊，原来我们是一伙的"感动，待它走过去后仍对它频频回头张望。那就是皮毛的神秘力量吧，有点像人在荒野中与动物对立时的那个中间地带，随时可能成为危险，但也随时可能成为保护。既害怕，又想占有。

女人跟皮草的关系就是这么微妙。

由于动物保护主义的存在，我现在写这个题目时不免忐忑；可今年纽约经历近八十年来最寒冷的冬天，出门前，摸出皮毛的帽子、护手，甚至我自己给自己做的护腰，心里感觉到的又全是安心。

有了它们，什么天气都不怕了。

最近几年，二月的纽约时装周好像都赶上纽约史上最低温度，很多重要秀场还安排在靠近东河或哈德逊河边的码头仓库里，要抵御那样一种从四面八方大风口卷来的、带着粗粝的雪砂、几乎能把像我这种体量的人瞬间掀翻的风，没有一件厚实的皮毛袄压身还真够呛。别人不知如何，皮毛带给我的这份保护很单纯，就是把体温维持在舒服状态，跟其他都不相干。更微妙的是，与动物保护主义说的相反，每次我穿上皮毛，倒偶尔会在某一个瞬间突然体会到一种跟动物的亲近之情。开头说的故事就是如此。

现代社会关于皮毛的种种争议，我觉得还没争论出最后的意义。皮毛的本质就是一种容易引人犯罪的材料，而犯罪倾向、犯罪感，常常是时尚追求的至高境界。想想亚历山大·麦昆"野性之美"（Savage Beauty）主题展上那一件又一件全身用动物羽毛、皮毛甚至就是动物部分身体制作的衣服，的确会让我们感到不安、不适、危险、神秘，却仍百看不厌。看不厌的原因，似乎就是因为它们在挑战我们，挑战我们的情绪、认知世界的方式，以及特别重要的，对于与动物关系的更深刻的探究。现

麦昆用动物羽毛制作的服装

代文明社会里，动物可以是若有若无的存在吗？它们与人类应该保持在什么样的距离才会使我们心安？很多设计师即使知道冒的是天下之大不韪，也仍要使用这一材料，就是因为这种材料带给他们快感，很可能是折磨人的快感，任何其他服装材料都不能如此。

　　前几年，纽约的每场秋冬季时装秀看下来，我最喜欢感叹的是，Donna Karan 实在是美国女性设计师里最爱皮草也最尊重皮草本质的一位。尊重本质，我的定义是尊重皮毛的原始形态。

　　前年冬天一个十分寒冷的周末，我去她在西村的家里参加活动。她出场时，肩搭一条貌似没有做过任何加工或裁剪的皮毛围巾一拖到地，一副邋里邋遢的美国大妞样，不过淳朴、憨厚，让人不得不说，她自己真是她品牌的最佳代言人。看见那条围巾，我本能地想到，那么长一整块，会是哪种动物的呢？似乎很像马皮，可马皮不拼接应该也很难得到这么完整的一长条吧？这样的问题，大概只有皮毛这种服装材料才能让我们提出，而有问题的时尚通常会更有趣。

　　以往每年一入秋季，曼哈顿岛上属于 Donna Karan 品牌麾下的几家 DKNY 店里，就一定能见到皮毛皮草的影子了。上城麦迪逊大道 Donna Karan 旗舰店里，皮草系列更是最让人心动的主角。不过现在，这两个品牌都已与 Donna 本人彻底脱离了关系，到 2016 年春夏季一场秀，出来谢幕的已换作两位年轻的设计师 Chow 与 Osbourne。可令人唏嘘得很，两位年轻设计师在处女秀后不足两年即宣布离职；今年原本计划 2 月 15 日在纽约时装周亮相的 2017 秋冬季秀，也因为公司再次易主突然宣布取消。与这种混乱相呼应，岛上带 DK 字头的店铺到去年夏天已关得七零八落，只在下城西百老汇大街上保留了唯一一家。冬天的纽约，没有了 Donna Karan 的皮草，好像一下子少了点什么。

世界上有些地方的人好像天生就是不能离开皮草的，比如俄罗斯，与俄罗斯相关的文艺作品里出现了多少穿戴皮草的形象，比如安娜·卡列尼娜在所有版本里的出场。像 Donna Karan 这样出生在纽约的女人，对皮草感兴趣也不奇怪，因为纽约几百年前开埠时，就是皮毛贸易的重要商港，与皮草建立了很深的关系，自然地，几百年后这座城市能培养积淀起一个深厚的懂得皮毛、崇尚皮毛的老派女性阶层。假如有机会在纽约秋冬季时装周看上几场秀，你就会发现，皮草不仅仅是 T 台上的"权贵"，更是观众席上最时髦的装束；无论男、女、老、少，如果想引起街拍摄影家的注意，穿上一件皮草准没错，多半就能在第二天时尚报刊的街拍一栏里看到自己。

其实，每年世界任何一地的秋冬季时装周秀场，皮草都是重头戏，几乎所有品牌都不会轻易放过这种材料。纽约的几个大牌，Ralph Lauren，Micheal Kors，Marc Jacobs，甚至后进服装领域的 Coach，都会祭出豪华的皮毛单品。不过，品牌对于皮草总表现得小心谨慎，常常要在秀场发放的目录页尾标明：我们"长期坚持不在服装服饰上使用皮毛（fur）产品。在这次展示的系列里所有像皮毛的单品都是用羊剪毛（shearling）加工制作的。"解释此番尾注，就是动物保护主义者并非对中文说的"皮毛"全面封杀，他们反对的只是 fur，不反对 shearling。Fur 跟 shearling 译成中文很难区别，常常笼统地被译作"皮毛"（香港人喜欢称"皮草"），可英文传达出的不同却很明确：前者是动物因为各种原因死亡后的产物，不可再生；后者不以动物死亡为前提，可以再生。更直白点儿说，任何一件 fur 在人类历史上都是独一无二的；而 shearling 却有进入批量生产的可能性。

我一直欣赏 Donna Karan 的一点，是她以前很少做这样的标注，对于自己热爱皮草的事实，不虚伪掩饰，喜欢就是喜欢，用了就是用了。大概因为此，动物主义者过去最喜欢拿她作攻击靶子，后来她也不得不在衣服的洗标上注明"非原始动物皮毛"成分。攻击她，通常最有效果。谁让皮毛的受益人主要是女人呢，而女人又身负生儿育女的天职，两者如此矛盾也就更富戏剧性，抗议起来就愈有感染力和说服力，而且抗议的人群里男性总是不少。

话说"9·11"之后的第一个感恩节，我和朋友去拉斯维加斯赌场度假。有天坐在牌桌上，手里拎着我自己做的一只手袋，没想到即刻被男性发牌员注意到。他冷着脸问："这是真的兔毛吗？"我立刻把包从桌上收到桌下，意识到动物保护主义者对女性的格外警惕。

于是我撒了谎。

虽然按照抗议者的说法，皮毛工业在过去（没说多长的过去）总共杀死了五千万只动物，其中大部分是被活活剥了皮；可信奉自然主义的人也有另外的说法：如果取之得当，皮毛还是最天然最少污染环境的材料。有时看到"没有杀戮就没有买卖"的公益广告时，我也会想，与其这般，我们不如再仔细探究一下人类为什么对皮毛如此执迷？皮毛这种东西，到底给了我们什么样的快感？不解释清楚这个疑惑，世上所有顶级高档百货店里的皮草专柜就肯定还会继续存在；上至 Armani 下至 H&M，秋冬季设计系列里就还是不能缺少"皮草"这一选项；Donna 呢，就一定还会继续衷情皮草，努力赋予它们她所认为的更健康的生活形态。虽然 Donna Karan 品牌缺席了今年纽约时装周，Donna Karan International 公司也跟她毫无关系了，她在西村自己家里开的一个叫"城市禅"（Urban Zen）的小店，到了这个季节，仍会毫无顾忌地传播着她对皮草之爱。有意思的是，"城市禅"里的展品，多是从非洲原始部落收集来的，希望引起世人对原生态民族生活形态的关注，表达对生态保护的坚持态度。在这样的展厅旁边出现大量皮草，有人觉得讽刺，可也有人觉得再合适不过。

为平衡，Donna 现在倒也学会为自己的设计解释说，"衣物全部使用的是回收材料"。可她的顾客，不知有多少是因为看到这个解释，而不是因为摸到的那种软糯的手感，试穿后体验到的那种剪裁的美妙、风格的奔放而火速掏出钱包的？

有年冬天，我在上城麦迪逊大道上闲逛，逛进 la maison du chocolat 时巧遇一位太太，牵着一条拉布拉多大犬。看我一直盯着她的宠物看，她说，"宝贝儿吧"。"是啊"，我说。那条狗的皮毛油亮顺滑，颜色褐中带红，极为罕见。她胡撸一把它头顶的毛说，Carolina Herrera 做上一季皮草系列设计时，就是让我剪了一撮这个大宝贝儿头顶的毛寄给她做色样的。

哦，竟然是这样的啊。

16

自由的大牌之态

　　顶着一个伟大的姓氏出生是件多么幸运的事啊，Arthur Lasenby Liberty 生前大概就有这种体会。

　　说起这个亚瑟，很多人可能不知道是谁；可如果说起 Liberty of London，至少在时尚界，恐怕就无人不知无人不晓了。尤其今年春天，"伦敦之自由"真有遍地开花之势：二月的最后一天，持续近半年的 140 年艺术回顾展刚刚在伦敦闭幕，三月，UNIQLO 就在全球推出了与它合作的主题系列，纽约 SOHO 店铺同步献出一整面橱窗花墙；连我自己，都在这个月实现了多年未能实现的跟它结缘的美梦，用它的印花布做了一组设计，而且卖得不错，此时想来，仍激动不已。

　　那么这个叫"自由"的东西到底是什么？听起来政治意味十足，实际却一点不，它是英国的一家老百货公司，也是一种浪漫的老印花品牌，更是一种带印花的老棉布品牌。这个品牌以亚瑟的家族姓氏命名，这个家族恰好姓"自由"，于是就有了这么个响亮的名字。而既叫了"自由"，也就自然天生一股正义之气，比别的似乎都来得更深入人心一些。事实也的确如此，即便是不谙时尚之人，在对它稍作了解后，多半会恍然大悟："啊，我见过的！"再立刻往家里四下扫一眼："啊，我竟然有它呢！"

是的，这样的反应一定不会有错。可以说，在全世界任何有印花的地方，就一定有"伦敦之自由"，它几乎已经深入到我们吃穿住行的各个角落，仿佛无时无处不能不见到。只不过我们见到的，常常有原作和仿冒、印花图案和印花布料的差别罢了。

"我决意不追赶现有时尚，而要创造新时尚。"文章开头的那个亚瑟这么说。

那个亚瑟就是 Liberty 公司的创始人，1875 年，他在伦敦摄政街开张 Liberty 百货店，家居服装什么都卖，是最早实践"生活方式"概念的店铺之一。说是什么都卖，其实他最衷情亚洲艺术，店里销售的奇珍异宝多跟东方有关。很快，浓郁的异国情调吸引来大批客户，亚瑟于是招募了一批设计师和艺术家，让他们模仿东方图案做印花设计，并在当地纺织厂织成印花布料，Liberty

公司从此有了第一批自产棉布。这些图案可以归纳为三个种类：碎花、抽象画和孔雀羽毛。因为风格太过鲜明，几乎任何人一眼就能辨识出：哦，这是"Liberty of London"。传奇的是，Liberty 的印花棉布一直持续存在到今天。

除了棉布，Liberty 还在 20 世纪 20 年代为世上留下另一个传奇：一座都铎风格的店铺小楼。这座小楼用英国皇家海军两艘退役军舰的木材建筑，风格极其奇异美丽。虽然亚瑟自己没能看到它竣工，它却完好地保存至今，现在是全世界时尚潮人必去瞻仰的"旅游景点"。

听说我喜欢 Liberty，住在英国的网友这么告诉我："Liberty 是牛津街附近我最喜欢的老百货，有卖骨瓷、各种蕾丝边、帽子翎子的……唯没有流行大牌。"

当然没有！因为 Liberty 自己就是大牌。这个大牌不像我们认知中的大牌那样有着奢华的外貌，也不一年几次地举办时装秀、有鲜明的流行时间表，它的招牌产品，Liberty 印花图案和 Liberty 印花布，听上去都像微不足道，只是时尚工业里最基础的两样东西，可它们也是历百多年、即使存在档案里的老货也不断被人拿出来翻新的永恒经典。Liberty 自己的设计师说，"我们这样的企业在任何时候都要比流行时尚更提前一步。"不追在时尚潮流后面，而是引领潮流走势，本来就应该是大牌们惯常的姿态，不过 Liberty 似乎比其他更有趣一些。热爱 Liberty 印花的死忠粉很多都是穿着它出生、长大的，也有穿着它离世的，世上恐怕没有几个大牌能有这样的故事。

"不管，谁能像咱们这样一次买那么多？"

我跟 Liberty 印花的第一次故事，发生在我毕业后进入纽约第一家内衣公司的时候。那家公司当时有个非常稳定的大买家，他们专下睡衫的订单，就是像男朋友大 T 恤那样的睡衫，样式非常简单，但要求是三种颜色类型搭配：素色 + 几何图案 +Liberty 印花。几何图案通常由我在设计室里用电脑设计完成；印花，则是设计总监要么把代理商叫到公司来，要么她自己去纽约的印花图案展上购买。去展会，她会带着我。第一次进展厅，我就意识到，这肯定是一种非常特殊的印花设计，因为一向冰美人一样的总监一踏入大门，就神色急迫地寻找起 Liberty 展位，一副"去晚了，好的就被别人抢走了"的慌张样。等到在展桌前坐稳，代理商搬出几大摞印花设计图稿放我们面前时，她还搓搓手一把撸起了袖子。近千幅图稿，一向没有耐心的她却安静地一张张翻过，一向严肃的脸越变越柔和，甚至不时压低了嗓音倒吸一口凉气地惊叹。等到最后挑出看中的要打包带走时，那张脸可以用"得意"形容了。我当然知道这样的贸易展会上，买家通常就应该是趾高气扬的，能买得起 Liberty prints 的她似乎尤其如此。更何况，她每次带走的可不止一幅，常常多达十五幅，自然也就每次都能漫不经心地撂下一句话："账单老样子。"

老样子，就是 Liberty 公司会把账单邮寄过来。

假如她未能按时结付、遭到催促后，她也会不无骄傲地摆出一副尽可以要要无赖的样子，似乎 Liberty prints 就有那样的魔力，让她平素的威严失守。当然最终，她会乖乖地不敢无赖的。

二十多年前，一幅 Liberty 印花设计图稿售价 250 美元，这在图案市场上不算最贵单价。而且，这些设计稿都是一次性售出不可复制，就是说，我们买下的图案将只会出现在我们那个睡衫买家的睡衣产品上，250 美元的单价就没半点不合理了。不过，Liberty 一个重复图案（one repeat）通常不大，图稿尺寸有时大不过一张 A4 纸、小甚至只如两张名片，因此如果以单位面积算，价格又不能算便宜，我甚至因此一度受它刺激、萌生过做一名印花设计师也不错的念头。而且如果图案最后真被那个买家选中的话，那么按他的要求我们便不能再用它制作任何其他订单，就是说，在卖家那里它也有严格的排他性。这样说来，一幅 Liberty 图案就相当昂贵了。况且现在，它的售价已涨至每幅 600 美元。

不过，多重排他性也正是 Liberty 的迷人处之一。它像是一种非常微妙的游戏，让使用那个图案的每个终端都能享受到一种独一无二的占有欲。这样的游戏，大牌们其实都在玩；只不过能不能玩好，真玩成独一无二，就要看它们是不是确实独一无二了，否则它就总有被不断仿冒的命运。

Liberty 图案就是世界上被仿冒最多的设计之一，无论是地摊上还是街头小店里到处可见。可一百多年来，Liberty 似乎对此并不在意，从未听说过哪个仿冒者曾被他诉诸法律。或者坦率地说，介意又有何用？仿冒一直是时尚工业的癌瘤，可始终拿不出彻底割除的良方。想不被仿冒，只有拿出更硬的招牌货。好在，Liberty 一直有：它的印花布。这才是他赖以生存的看家本事，因为它是几乎没有被仿制可能的一种布。

"什么？！不就是棉布么，竟然这么贵？"

我第一次知道 Liberty 有自己的布料，实在是很晚了，大概在 2000 年前后。一天在纽约西村里闲逛，看到一家布店，大玻璃窗上写着 Liberty of London 的招牌，立刻进去逛。逛了才醒悟到，原来能买来 Liberty 印花，印在自己公司的布料上完成成衣，顶多只能算用上了 Liberty prints；而能用上盖 Liberty 公司版权章的印花棉布才是更好吹牛的事，因为那些布料实在是太美妙了，也实在是太贵了。因此，能用上 Liberty 印花的公司企业和品牌不少，能用上 Liberty of London 印花棉布的则不多。

虽然成分只是百分百棉，一点不夺人眼目，可我只轻轻抓了一把被销售员推荐的一种塔纳棉纱布（Tana cotton lawn），便立刻明白了它最畅销的原因。凉、沉，支数高，我对布料的所有好感它都具备；手感紧实却又细软无比，细软到像婴儿的脸蛋一样。再细看图案，任谁都会迷醉其中了，想挑出一款最喜欢的变得十分艰难：因为每一款印花都美不可言，比对原设计稿的色彩饱和度和线条还原度甚至比丝绸还高，有的细线条真的只有 0.5 毫米，实在令人惊叹；于是哪一款都成了心头肉，取了这个放不下那个。再联想到我们自己制作出的布料效果，就只有大呼"它怎么可以做到这样"或者"我非要用上它！"的不甘了。

可不甘却也只能不甘，这个布料的价格着实不菲。只有 110 厘米的窄幅宽，每米官方售价税前 22.5 英镑，相当于 210 元人民币，比纽约布店里大部分绸缎还贵。虽然这种布料极其适于制作贴身睡衣或内衣，可我们连算都不用算就知道根本没有可能用得起它，它也的确从没隆重地出现在任何一家内衣精品店里，更遑论百货公司了。每次逛这家布店，我要么只买几米过过瘾，要么就是对着它无限感叹：什么时候才能用真正的"自由"自

自由的大牌之态

151

由地制作一组睡衣呢？很可惜，这个愿望至今未能实现，虽然做是做出来了，美也的确美得叹为观止，可能为他们买得起单的人寥寥无几，这个设计概念就不能算实现。

不过，这未尝不是一件好事，这也正是我写这篇文章的目的：奇思妙想往往就是在不可能的情况下被千方百计地变成了可能。很多设计师，包括我自己，既急切地想与Liberty结缘又不能不顾及成本，反而灵感迸发，于是我们常常见到Liberty花布作为嵌片、贴边等装饰元素出现在服装和家居用品上。Levi's，Nike，Topshop，甚至Hermes等品牌都做过这样的尝试，以至于现在的情形倒好像是，能在衣服或家居品上整身使用Liberty布料的，只不过让人夸你豪气；而能把它作为一种装饰巧妙设计在产品上并表现出奇特美意的，才更让人刮目相看。如此待遇，很少听说哪个大牌得到过，更不要说哪种布料得到过了。

人们对"自由"的热爱一直难以抑制，自然地，商家的仿制便从未停止过；可没有一个仿制者能制作出色彩那么鲜明、线条那么精微、手感那么细软如绸的印花棉布，商家们也就都很有自知之明地不敢以假冒真，拿仿制品卖与原作同样的价格。他们知道，那些买了仿制品的人，只要拿它到真品前做过一次对比，就再也不会买仿冒货了。他们更知道，对于死心塌地的粉丝来说，

Liberty 在他们心中的地位无可取代，如果穿了仿冒品，多半会有羞耻之心。一种印花布能做到这个程度，这世上恐怕再无二家了。

因此，虽名为"自由"，Liberty of London 实则是受保护最为严格的印花品牌。这种保护，不仅靠排他性的一些法律规定，更因为它本身足够优异，优异到自己就成了自己最好的保护。在纽约，设计师有权在所有布料店铺里向店员要求免费剪小样，唯有"伦敦之自由"不允许，即使只是几厘米的一小方块也明码标价。也因此，我们拿真正的 Liberty 印花布料做完衣服剩下的边角料都不舍得丢弃，要想尽一切办法再使用起来。纽约以卖这种印花布料闻名的店铺 Purl，还会教给大家很多如何利用这些边角料的办法，每一块边角料都被他们包装起来，表现出十足的尊重和珍惜。

王尔德说，"All arts are quite useless"，所有的艺术其实都相当无用。我要说，除非它被实用化。这个实用，除了实际用于制作出什么，还实际地影响我们的生活。这样一个美好的印花布带给我们的乐趣，充满在生活的日常里，这才是这个自由的大牌能持久的秘密吧。

2016 年 4 月

于纽约

17

草识蒙古时尚

上周蒙古国 7 日行，在乌兰巴托机场接上我们的地陪，是在蒙古人文大学教授英文的木思。高大英俊的木思正在追求一位刚从美国艺术学校毕业的蒙古女孩儿，照片里的她美丽、温柔，不过木思说也会"艺术性地"疯狂——总之，是他喜欢的类型。女孩儿家世甚好，父亲是位艺术家，做着很棒的手工艺品，据木思说在蒙古国德高望重。这让在外人看来已十足优秀的他仍倍感压力，追求之路不易。

可惜这位未来丈人没有网站，要想看到他的作品，需要去工作室。我们这次行程紧张，又多半远离城市，只能遗憾失之交臂了。

蒙古国的草原骏马、大漠长河、戈壁黄沙，甚至草原上稀缺的暴雨，这次倒都没有错过。最难忘的，是在蒙南和蒙北的两个宿营地，看到了星光密布的银河。尤其在蒙南，我们等到夜色最浓时分，把蒙古包外供人观赏日出的半躺椅彻底放平，仰卧其上，望银河咫尺，夜风从颊侧吹过，真有如入梦一般，只让人想守夜长眠。

差点以为银河是蒙古夜空的每日标配，不想第二天就领教，原来浮云一来，星河即刻不现，夜就是寥落而普通的夜了。

另一个梦幻，是蒙南戈壁上的吃。尽管戈壁上没有网络信号，我们连续三个晚上与国内彻底失去联系，可在蒙古包宿营地的餐厅里，却意外吃上了相当正宗的西餐。餐厅厨师是正儿八经学过意大利料理的大厨，无论是早餐的面包，还是晚餐的煎鳕鱼、巧克力冰激凌甜品，都有相当水准。最后一天我们露天烧烤，意大利大厨烤出来的粗壮肉串，也比我们随行的蒙古厨师技高一筹。那几乎是我们吃过的最好的烧烤之一了。

在蒙古国，似乎地方越是偏远，西餐越是正宗，且越发只有西餐没有其他。偶尔一次在餐桌上出现一碗掺杂了各种物料的大米粥，已是"中国胃"之幸。一连数顿只有大肉没有青菜的饭后，同行人中如若有拿得出方便面的，竟能立刻引来各种垂涎。想必欧美游客比起其他族裔更多深入蒙古才会有如此饮食待遇。我们一路在辽阔的沙土地上颠簸，偶尔透过车窗看见远处也有绝尘奔驰的吉普，到达宿营地后如果恰与对方相遇，就发现多半是美国或法国小团队。蒙古对于西方文化的接受程度，看木思就知一斑。他说着纯正的英语，我们当中也要有人会使用这一非母语语言，否则他就没可能在课余打着这份工。我们与蒙古国土壤相接的两种东方文化，媒介却是西方，也是一种奇幻。

比起吃，蒙古国的"穿"就不那么好说了。

乌兰巴托是我们这次穿梭南北的歇脚地。蒙古全国300万人口，乌兰巴托占了其中五分之二。不过也许因为我们住在市中心，出入的多半是市里的时髦酒吧餐馆，室外所遇总是熙来攘往，室内满座，觉得人口应该远远不止130万。市中心的洋餐不少，法式、英式、美式，菜做得都地道，鸡尾酒、烈性酒、啤酒更给力。不过要说文化痕迹最重的，还属俄国，或者说苏联。

每次说起俄国人，木思总是用"是我的兄弟"形容。20世纪40年代蒙古国独立后改革文字，就受了苏联影响，采用了以西里尔字母拼写的文字。现在街上已很少见回鹘式蒙古文了，我这个俄文盲会常常错觉满大街都是俄文。在距离乌兰巴托不远的一个度假地的一家非常英式的酒店背阴处，我们还见到一座列宁塑像。不过据说，这是整个蒙古国唯一一座得以保留下来的列宁塑像，其余都已在 20 世纪 90 年代私有化改革后被毁掉。

店铺里看得见西伯利亚翻毛皮靴，很酷很飒；超市里有不少俄式餐具，也有很多俄罗斯食品。我要买些小点心带回上海与工作室的小朋友们分享，木思带我去的小超市里，货架上摆的都是俄罗斯糖块儿，颇有我们七十年代食品店之气象。市里街景也像我们的三十年前，楼的外观结构跟我们从前普遍流行的那种六层小楼几乎一模一样，常常让我恍惚回到了中国的过去。更奇特的是，有很多楼看着像是未完工，可实际已是有些年头的老居民楼。蒙古人民似乎不讲究维护。公路也不养护，经常遇到一大段坑坑洼洼，可司机们宁肯开到路下面的草地上绕着走，也不想把坑填上。他们无所谓，连方向盘在左在右都无所谓。蒙古国汽车多从日本和韩国进口，从日本进来的，他们并不像其他国家一样要求改装方向盘位置，大街上因此左右方向盘并存，却也不见有因此而起的交道事故。

高级酒店和高档西餐厅里的蒙古美人是一道特别的风景。有些肤白腰细腿长巴掌小脸庞的，据说是有白俄血统。

那座英式酒店在列宁塑像前开着家露天咖啡馆，端坐其间，满目青山绿水，疏朗清阔，真乃难得的世外桃源。邻桌的遮阳伞下，两个穿着时髦的年轻女孩儿，一人怀里趴着一只兔子，跟一个年轻男人安静地坐在那边，让我忍不住要多看他们几眼。改革开放以后，蒙古应该也有"富二代"吧？

总之看见蒙古美人，自然会好奇蒙古的时尚。从一上路就在跟木思探讨，到哪里能看到蒙古的"土特产"？

乌兰巴托市里有几处看着比较新派的 Shopping Mall，大多挂着一两个全球知名的 LOGO。木思问我要不要去，我当然说不，时间那么紧，即使全部拿来看蒙古特色也不够。

于是木思推荐了两个地方，一个是政府开的百货公司，一个是俗称"黑市"的交易市场。

百货公司有七八层，不过总体像是中国三四线县城百货店。木思建议我跳过所有楼层直接上到顶楼，因为蒙古跟"穿"有关的土特产都在那里了。来蒙古之前，就打听到蒙古的皮毛和羊绒又好又便宜，可这间百货公司里的皮毛却不尽我意。跟纽约、巴黎或其他以皮毛贸易开埠的时髦城市比，至少这里代表国立百货的皮毛成品让人有暴殄天物之叹。那么好的原始材料，却因为要么没有设计要么过度设计，或在皮毛上做了太多装饰而显得陈旧、过时、了无生气。

让我惊喜的倒是毡制品。毛毡不是经纬交织的织品，而是用羊毛加工黏合而成，属性特殊，用途却极广泛。比如我们这次进过的最高级的蒙古包，是传说成吉思汗从前领兵打仗的军中大帐，也是现代蒙古国总统宴请习主席之所在，它就是用高级防水毛毡做外立面的。包顶和包身用天然染料染着各种鲜艳却绝不俗艳的图案，蓝天白云下，别是一番动人的华丽。

百货公司里的毡制品品类很多，比如拖鞋、手套、帽子、背包、家居用品等。几乎都是手工制成，款式简洁，缝制简单甚至不缝制；配色朴素，图案抽象，加之用天然染料手工染色，审美品位甚高，与最高级的蒙古包艺术一脉相承。大概手工的东西总是有种天生淳朴的气质，毛毡更是如此，无论是细毛、半粗毛、粗毛、杂毛、兽毛毡，都用不着特别花哨就能俘获人心。我们最后离开时，我多出来的一件超大行李里多半都是毛毡品。

那天的逛街高潮，发生在木思带我们去的一家叫GOBI 的店铺里。GOBI 是蒙古国最好的羊绒品牌，这家GOBI 店铺实际是一个概念性的奥特莱斯，而且是真正意义上的奥特莱斯，因为工厂就在店铺隔壁。不知道蒙古国的奥特莱斯是否像美国的奥特莱斯一样，与正规店走完全不同的价格体系？遗憾那天正值周末，工厂休息，我没能有机会进去参观，把这事搞个清楚。

GOBI 以羊绒出名，其手感之细柔，真是让人爱不释手。而看到价格就更不肯释手了。同行中有人去年就来过 GOBI，买了几千块人民币的东西回去。蒙古国几千块的羊绒，等价于国内的几万，因为这里的羊绒实在太便宜了。不过，也许是羊绒天生足够华贵，跟国内的几个羊绒品牌一样，GOBI 也不肯在流行时尚上花太多心思。其中毛衣最不耐看。毛衣一直是编织市场上最难突破的品类，如今做得好的 Missoni，是完全打破编织品类的界限，把梭织效果呈现在针织材料上，这才有了不同凡响的风格。但这的确是要下功夫的。相比较毛衣，羊绒大衣应该有比较充裕的设计空间，毕竟 MaxMara 珠玉在前；可店铺里的大衣能让人动心的仍然不多，感觉 GOBI 的设计总监真的太懒惰了。赶上周末，店铺内还有一场 T 台表演。虽然名为"最新款式"展示，可说是二十年前的老货也不过分。不过任何一个有名气的品牌终究有其独门绝技，贵为蒙古国第一羊绒品牌的 GOBI，靠各种围巾还是足以拿下所有进店顾客的心的。

在乌兰巴托的最后一个上午，我一定要去的地方除了寺庙就是"黑市"了。此时木思怕我失望已开始变得小心翼翼，去之前一再说不知道是不是能有让我看得上的东西。

"不看，怎么都是遗憾。"所以总归还是要去。

不过还是差点。据我们一路所见，蒙古国的大型设备依赖日本和韩国，只有轻工业、小东西，他们才肯从中国进口。而"黑市"，是乌兰巴托能看到最多这些中国小物件的地方。巨大的黑市上，浩浩然一片"家居用品"摊位，走进去完全像走进任何一家中国的农贸市场。可能唯一在这里找不到的中国货是蛇皮袋。据说蒙古人民前两年卖过，但因为买的人少就不再进货了。对于这种不经用的东西，很多国家都是坚决拒绝的。

木思急于让我看到我想看到的东西，于是带我径直去了所有能见到与手工艺有关的摊位，比如手打的俄罗斯盛奶锡罐，未加工的皮毛、生皮，加工过的皮靴、编织品等。当然还有古董。皮毛材料不算少，可是跟北京先前的大红门比，就是小巫见大巫了。而且，无论是生皮还是皮毛，无论是多样化还是品质，有纽约在前，这里几乎不值得一逛。

最后走到编织区，我的兴奋点才被激发出来。黑市上没有羊毛或羊绒，只有相对便宜的驼毛织品。驼毛没有羊绒细腻柔软，却有种更符合蒙古特色的粗犷之美。颜色也是我钟情的大自然色，亚麻，卡其色，驼色，看上去都让人舒服。不过，驼毛织品也是小物件最有设计感，比如手套、袜子，特别是护腿、护膝，是我在世界别的地方都没见过的。价格更是低得让人惊讶。一双纯手工 100% 驼毛袜，还价前也不过 20 元人民币，以至于我经常高兴得完全忘记还可以讨价这回事儿。而如果我忘记，木思也就绝口不提醒。他对自己的同胞显然是照顾的。

黑市上还有一个重要元素，"古董"。

不过有北京"潘家园"作标杆，大概世界上任何古董摊都不再有讨论规模的可能。这个黑市上的确有些旧东西，以铜器和皮具居多，不过都很难称得上真正的古董。本来很兴奋能碰到我一直想再多囤几捆的羊皮绳，可其腥膻味实在太重了，几乎完全是原始状态，与之相比，潘家园的羊皮绳简直是人类文明进化的典范。对原始材料做处理的方式，我一直认为它代表着对待文明的态度。我也一直觉得有没有古董或有什么样的古董，决定着这个地方是否有出现新时尚的机会和方向。至少就我经历而言，没有见到蒙古毛皮和羊绒有足以媲美其原材料品质的时尚品位，应该跟黑市古董摊呈现的素养有着密切的关系。

我也因此更好奇木思未来的老丈人究竟在设计些什么？

对了，最后悄悄地告诉大家：马奶在刚刚挤出来的时候，是微温且微甜的。

2017 年 8 月
于上海瑞金二路工作室

18

大众到底要共性还是个性？

最近几天，时尚圈被美国服装品牌 J.Crew 的创意执行总监詹娜·莱恩兹（Jenna Lyons）离职的消息刷屏。这则新闻之所以引起极大震动，不仅在于詹娜·莱恩兹在 J. Crew 供职 26 年，早已是这家品牌的官方形象面孔，更在于正是经由她之手，这个曾经濒临低谷的大众零售连锁店才在 21 世纪初起死回生，甚至一度出现在纽约时装周上，突破了平民服装与高端时尚之间的界限。那么现在，莱恩兹离职是否说明这条路没有走通？

J.Crew 创办于 1983 年，最初定位是为中产阶级提供休闲服装，它的样式简练，品味优雅，以亲民的价格穿出高档时尚感。目前 J.Crew 在中国内地还没有门店，但中国消费者可能并不陌生，原因之一是，美国前第一夫人米歇尔·奥巴马曾在多个场合穿着 J.Crew，几乎成了这个品牌的非官方代言人。

新闻铺天盖地时，我正在北京从望京骑车去小西天的路上。途中误上高速，险象环生。纽约的朋友转发《纽约时报》文章让我看时，我已从西郊万佛陵园回到城里。沉重的雾霾、墓地五彩缤纷的景象，与这则消息给我的感受多少有些相似。詹娜离职，不少媒体在说"是时候了"，不免让人唏嘘感叹。一个品牌华丽的外表下其实很可能早已虚空，不过往日的辉煌也终将有怀念的价值。虽然这些怀念难免糟乱。

詹娜·莱恩兹1990年入职J.Crew，其时刚从纽约帕森斯学院毕业。她从男装设计助理做起，默默无闻工作13年。这期间，J.Crew从最早的目录销售模式逐渐转型为零售店铺再转到连锁店铺模式。20世纪90年代中期我移居纽约，逛的第一家J.Crew实体店，正是它的第一家零售店铺，位于曼哈顿下城的南街港（South Street Seaport）。那时候由于邮资和纸张涨价，目录销售成本陡增，经营变得艰难。J.Crew与当时其他同类零售品牌一样，正急切步入零售业扩张时期，1996年一年即从20多家店增至40家。不过这个数字仍远低于竞争对手，比如与其风格接近的Gap，那时已在全美拥有226家零售店面。（Gap后来急转直下，这个阶段的快速扩张埋下了很多隐患。）

回想二十多年在纽约见识到的零售店铺扩张的态势，我还清晰地记得当时心理上的变化。开始是兴奋，几乎每个星期逛街都会发现又有新的连锁店铺开张了，一两年之内，在曼哈顿岛上只要走几条街，就能撞上一家 Banana Republic，它的对面则一定是一家 Gap。我衣橱里的 J. Crew 几乎都是在这一时期买的。后来渐渐开始疑惑，这么密集的连锁店铺是否都能赚钱？最后转而失望，每一家店铺都长得一样，装饰一样，货品也完全一样，可能只是降价品库存有少许差别，逛起来就越来越没意思。

　　零售业快速增长，也与此一时期资本急遽扩张有关。20 世纪 90 年代，时装业最热门的话题是各种收购和并购。大到诸多欧洲百年老名牌被一家靠经营酒发财的 LVMH 公司买下，小到美国 Limited 公司买下包括维多利亚的秘密、Bath & Body Works 以及 Abercrombie & Fitch 等十几个中档品牌和百货店铺。那时候，每隔一段时间就会听到某某品牌归入某大企业的新闻。1997 年夏，J.Crew 也被投资公司杠杆式收购。

　　大资本吞并小企业，资本权力增大，由此造成的不可避免的后果之一，便是趋向"平均化"。这时品牌过去在销售目录时期建立起来的突出风格就显得碍手碍脚，因为风格总是小众的追求，而要吸引更多消费者走进连锁店，赢取最大利益，只有靠某种能被更多大众接受的方式。这个方式在当时，被精明的商人选择为"提倡品质"。所谓品质，具体说就是以材料、质地、做工取胜，资本家根据他们平庸的个人经验做出战略判断，衣服只要料子看着不错，不掉价，风格不风格的不那么要紧。设计师也变得不再是品牌的灵魂人物，公司里说了算的是操作资本的人。渐渐地，对于"这个品牌的设计师是谁"这样的问题，我们几乎再也回答不上来了。设计师的灵感也不用来自某一种生活方式，他们被要求考虑的只是材料、质地、价格等，以及是否更符合某个阶层或某种职业人的要求。被收购的 J. Crew 于是从相对小众的"风格生活"向绝对大众的"品质生活"逐渐过渡了。以我至今保留的一件斜裁短裙为例，它完全说不上有多少特别之处，更不要说"格调"，只是用料不错，品相没话说而已。

　　不单 J.Crew，同一时期的其他中档品牌，比如 Banana Republic 的热带丛林风，Ann Taylor 的优雅浪漫风，Club Monaco 的冷酷风等，几乎都在同一时期宣告结束，陆续以主流形象进入越来越多的店铺。相比较风格的天马行空，品质的路走起来总是会更为谨慎也就容易越走越窄，于是档次接近的店铺内容越来越像，这时候逛 J. Crew 跟逛附近的 Banana，Ann Taylor，甚至 Gap，已没有多少差别。作为消费者，也就不得不逐渐接受"不是能买到什么风格的衣服，而是能买到什么品质的衣服"的现实。

店铺风格的改变，还直接影响到社区风格的变化。曼哈顿苏荷区曾经是最具艺术家气息的社区之一，那里的店铺多以特立独行闻名，要想买到与五大道不同的特色服装服饰，苏荷总是首选。可逐渐地，连锁店铺纷纷进驻，21世纪第一个十年的苏荷区只有表面的建筑风格还有特色，内在被彻底平均化，不过是承担为少量附近居民、大量旅游者提供购物的方便这一需求罢了。即以当时J.Crew在苏荷区王子街上开张的那家门店为例，在那儿买到的T恤和Polo衫，不过是因为少了个马球LOGO而价格低于附近的Ralph Lauren，其他实在没有多少打动人之处。

要风格还是要品质？资本选择了后者，消费者呢？

一般人似乎也很容易对品质有所迷信。Polo是最好的例子。那个马球LOGO之所以一直风靡，并非它真跟马球发生了关系，而是成功地灌输给消费者一种观念：穿上带这个LOGO的衣服即使不打马球也有了档次。像Ralph Lauren自己一样，把姓氏从犹太人的Lifshitz改成法语读音的Lauren，而且最好读成"伊夫圣洛杭"的"洛杭"，就仿佛即刻提高了身价。

这一时期可以说是J.Crew最没特点的"暗淡"时期。风格消失之后，品质在随后各种生产成本增高的压力下很快就难以得到保证了，走进这些连锁店铺，也就见到越来越多的"垃圾"品相。进入21世纪以后，我不记得在J.Crew再买过一件衣服。

当时与J.Crew差不多的品牌也都陷入差不多低迷的困境。但时势造英雄，普遍暗淡的时候也是最有可能出现转机的时候。詹娜·莱恩兹比其他品牌的设计师幸运的是，2003年，公司迎来了新任首席执行总裁德雷克斯勒先生。他很快在设计团队的角落里发现了这位34岁的天才，并决定将她打造成公司的化身：就像Céline的Phoebe Philo，香奈儿的卡尔·拉格斐，詹娜·莱恩兹将是"J.Crew的詹娜·莱恩兹"。他看中了她什么？除了一米八二的大个头，鼻梁上那副被称为"禁欲"的粗黑框眼镜，当然还有她鲜明而独特的个人风格。他一定认为比之风格更强烈的"个人风格"大概是能扭转公司颓势的强心针。事实是否如此？

强调个性是否能拯救被平均化的大众市场？

通俗地说，德雷克斯勒先生的想法是用运作高端时尚品牌的手段来经营大众市场，而其标志性的招数就是推设计师到前台，将其具体化、偶像化，品牌就能更快捷地显示其可靠性和态度。

这个想法在当时大胆而冒险。

因为对于以量取胜的大众市场来说，没有个性通常比有个性要来得安全。设计师早就无足轻重了，消费者不想也无从知道品牌的领袖是谁。谁知道 Gap 的创意出自谁的大脑？或者 Target？甚至 Nike, Theory？只要知道零售品牌名足矣。不过，既然其时大众品牌被广泛连锁以后已陷入某种平庸化的低迷，德雷克斯勒先生打算反其道行之恐怕也是最好的选择。他们俩联手要把 J.Crew 打造成一个文化现象。

詹娜·莱恩兹未负重望。她的确有着高端时尚的敏感和品味，个人风格零瑕疵且从不用力过度。这种强烈的个人风格能顺利转化到 J.Crew 的目录上并得到充分反映，不能不归功于她独特的魅力。她为原本只是预备校学生风格的目录销售品牌注入了鲜明的色彩和有独特锋芒的时尚精神，比如雌雄同体，比如白天用亮片与迷彩服混搭、晚间用牛仔与塔夫绸混搭，再配上戏服式的夸张项链，这不仅成为她同事们的穿衣榜样，也成为 J.Crew 消费者的榜样。

J.Crew 在销售目录和官网的显著位置上都开辟了"詹娜的选择"栏目。她的理念也在不知不觉地影响着更多的人，比如，她说完美是乏味的；不要对袜子和文胸的作用估计过高，穿大深 V 领西装也完全可以不穿文胸；印花睡衣可以跟爱人交换上下身穿上街；如果下身穿得

詹娜与女友互换上下衣的情侣穿着

正式，上身就应该尽量随意；出席朋友的婚礼和时尚盛典也可以混搭不正经。除此之外，最重要的是，她教导我们穿衣要有趣，要穿得是你自己。这些不仅为她赢得时尚工业的尊敬，也为 J.Crew 提高了曝光率，从而带升了经济效益。

荣耀的巅峰当属 2008 年。还未成为第一夫人的米歇尔·奥巴马 10 月 28 日做客 NBC "杰·雷诺今夜秀"，雷诺告诉她，据说她丈夫的竞争对手、共和党副总统候选人萨拉·佩林的服装预算高达 15 万美元，然后问她的一身装备值多少大洋？米歇尔脱口而出 "J.Crew"，并朝向观众席里的女性说，"我们都知道 J.Crew。" 还有什么是比这更好的广告！其后在丈夫的总统就职典礼上，她与两个女儿果然部分或全部穿戴 J.Crew，此举让詹娜·莱恩兹的 J.Crew 名声大噪。托米歇尔之福，J.Crew 几乎是 2008 年经济危机冲击下唯一一家销售额不减反增的大众零售品牌。

2010 年，莱恩兹晋升 J.Crew 总裁，并成为品牌形象，还成为时尚和零售圈外的名人，上杂志，出演电视剧。2011 年，在结婚九载、育有一子之后，她与艺术家丈夫离婚，与珠宝设计师女友公开恋情，成为八卦专栏的主角。所有这些新闻、绯闻和近似丑闻都说明，詹娜·莱恩兹俨然得到了只有高端大牌设计师才有的待遇。2012

年，她不仅出席大都会博物馆时装学院的时尚盛典，而且穿着用羽毛做的晚礼服搭配圆领毛衣，在红毯上成为摄影师的宠儿。在她的带领下，2013年J.Crew史无前例地走上纽约时装周；对于时装周而言，带中档大众品牌玩儿也前所未有。一句话，没有任何一个大众市场同档次品牌给过设计师如此高规格的待遇，也没有一个大众市场品牌做过这样的尝试。一时间，詹娜的个人风格看起来像是J. Crew的消费者能够也愿意买单的。有评论戏称，J.Crew应该更名为Jenna Crew。在J.Crew的示范下，大众市场走高端时尚个性路线似乎成了一条可行之路，几乎为普遍陷入困境的同类品牌找到了某种出路。

然而，事实却没有继续如此美好下去。

从2015年开始，J.Crew陷入销售额暴跌的困境，目前总负债已达20亿，投资分析师和新闻媒体猜测其很可能申请破产。在过去的12个季度里，同家店铺的销售额下降了11点。去年，J.Crew关掉了它的"婚纱"经营品类。最近的销售报告对于这家零售商来说仍很不乐观；2017年的财政收入预期也不会好转。

J.Crew陷入零售困境当然有着复杂的背景原因，实际上，最近美国不断报道大众市场实体店状况萎靡，很多连锁零售商都在酝酿削减店铺数量。在过去的几个月里，梅西百货宣布将关张63家店，Sears150家，

J.C.Penney140家。造成如此困境的原因，部分是更廉价的快时尚迅速发展，对循规蹈矩的中档品牌造成冲击，致使大环境变坏。当然，部分也是因为大众消费心理发生了转变。至于J.Crew，像《纽约时报》这样的媒体，还多少有点刻薄地把德雷克斯勒先生与詹娜的所作所为称为"一场伟大的时尚试验"，认为这场试验才是J.Crew衰落的源头。这场试验是什么？简单说，是企图用极端个性化扭转大众市场的平均化和平庸化局面。2000年，公司在呕待扭转低迷境况的情形下，这一实验虽然冒险，却也势在必行。不过现在詹娜在风光了十五年之后离职，似乎只能证明：在大众市场玩个性，终将行之不通：大众能享受多大程度的个性？多古怪算太古怪？穿着有趣如果成了日常是否能持续不厌？不正经对大众而言是不是只能偶尔为之？因为大众市场的意义从根本上讲是要满足大众的每日穿着。

价格也是另一敏感点。因为受前第一夫人的追捧，J.Crew的价格一路越走越高，很多死忠粉已经在抱怨J.Crew俨然中档品牌中的绝对高档，可质量却未见相应提升，反而有所下降，品质大不如先前全盛时期。那么，J.Crew究竟要把自己定位在哪里？大众市场与高端时尚之间是否要保持基本界限才更有意义？

至于这些问题有无答案，答案是什么，那是市场分析师的事了。消费者解决这类困惑的方法只有一个：扭头走进隔壁店铺。

如果问詹娜·莱恩兹为什么要离开 J.Crew，恐怕谁都不会否认与 J.Crew 的财务状况有关。可如果问离开了詹娜·莱恩兹的 J.Crew，在新的设计师手中能否复兴？恐怕不会有太多人敢回答这个问题。服装零售业已经失去了当年靠一位设计师就能起死回生的生态，詹娜的离职只能让大家变得更为保守和小心翼翼。如此高调的试验以如此暗淡的结局收场，每一位参与零售业的人都不得不反躬自省。

2017 年 4 月
于北京望京

19

我们的胸需要多厚的垫？

最近在看《古怪的身体》一书，甚是同意作者所说身体确实古怪。可我们看待身体的态度的古怪程度一点不低于身体本身。

比如女性的胸。

我回到国内做内衣设计这一年来，尤其是这几个月我的工作室独立承接设计项目以来，遇到了很多与胸有关的问题。大多反映在文胸设计上，说起来，比我在美国做设计时遇到的问题要复杂很多。三角罩杯还是半罩杯抑或是全罩杯？客户对具体形状都可能提出或清楚或模糊的要求。也有关于胸垫的问题：完全不用垫还是用一部分？用插片还是固定垫？压模杯还是缝棉垫罩杯？这倒也都算正常，让我颇感意外的是，薄厚也经常是争议焦点：有时我觉得厚度适中，客户却认为太薄；我觉得打孔透气棉足够好，客户却坚持要求一种传说吸水性能更好也更厚的直立棉；可有时我觉得应该加一个 2 mm 厚的棉垫时，客户却严词拒绝，坚持两层布料最美。东方人对自己的身体敏感起来着实了得。总之，胸垫成了设计的焦点之一，如何才能让我们这一貌似柔弱的器官满意，真要费尽心思。可即使费尽了，也还是会遇到意外。

比如，最近为一家主打青春期女性市场的客户做了一款轻运动文胸。所谓"轻运动"，我定义为不到跑步这个强度级别的运动，也就是说胸脯的上下震动幅度不大，A 杯大约在 3~4 厘米（若罩杯升级，这个数字会成倍增大，比如 G 杯可能是 12~14 厘米）。因为目标用户是年轻女性，目标季节是春夏，我特意选择了一种只有 2 mm 厚、可抽出的三角形胸垫与之搭配。设计逻辑是：青春期女性比之中年女性凸点小，胸型足够坚挺，且观念开放，薄垫理应更受她们青睐。

大货顺利交出后，我们正要松口气，订货方却突然对胸垫提出在他们看来相当严重的问题：过薄。尽管我回嘴说，无论是遮盖度还是排汗性能，这是我认为最适合轻运动文胸的厚度，可订货方还是提议用直立棉重新做一批两倍厚度的以应付客户的挑剔。争执两个来回，对方道出不满原因："凸点"。而这，恰恰是我最想一辩的。

什么是"凸点"？怎么算是"凸点"？连这个基本问题，我们似乎都无法达成一致，制作胸垫的复杂性可见一斑。

尽管意见相左，我还是接受了订货方的建议。

只是销售一个多月过去，对方再没对这个提议重复要求落实，想是客服部那边没有接到他们所担心的投诉。而我这边也出了些让我意外的情况，我的几个年纪不算小的朋友穿了这款文胸后反馈我，她们直接把胸垫掏出来扔了。完全不用穿带胸垫的运动文胸！

看来，订货客户和我对我们的胸脯都过于主观了。

可事关胸脯，我们又怎么能不主观？要知道，没有两个人的胸是一模一样的，我们用的模特没有凸点，没准订货方用的模特却有；甚至没有一个人的左右两胸是一模一样的，我的左乳没有凸点，右乳却可能有。再加上每个人受教育的背景不同，看到凸点的感受不同。胸脯对于胸垫的挑战实在微妙。

历史上，文胸对于胸脯的关怀和爱护就是这么一路微妙下来的。

女性乳房是人体少有的没有半点肌肉的器官，用力摩挲似乎可以忍受，上下颠动却为大忌。如果乳房被反复震动又得不到特别保护，其韧带极易受损。而韧带如果真的受损便是永久性的，不能通过运动得到复健。这是我们女性要穿文胸的最初原因：将胸脯固定在适当的位置，让它们感觉安全。不过，怎么算是安全，每个人的感受和要求自古就不同。古希腊时期的女性曾经用羊毛质地或麻质地的布条包裹乳房，叫作胸绑带，一半的目的便是为安全着想（另一半，是"文明"）。

可到了中古和近代时期，与现代文胸最具明确前世关系的束胸衣，最初完全是以对乳房加以束缚为美。历经五百多年到 19 世纪末，才从粗铁条发展到棉布，从硬变化到软，从鲸骨象骨到金属龙骨再到包裹橡胶或赛璐珞的金属弹簧，最后由华纳医生兄弟创造出"健康胸衣"的样式。这一路对胸脯的关注密切又曲折，收太紧时要让它放，放太多时，又让它收紧……不过即使当时是通过扭曲身体强制压迫矫形，有人觉得极美，却也有人觉得丑陋。

全世界的内衣爱好者都曾为这一器官的健康和美化做出过自己所认为正确的贡献。比如，1928 年，澳大利亚人强行提出将女性胸型概括为圆锥形、梨形、半球形、狭长形等几种标准的理论；美国生产商便根据这一研究结果，总结出一套女性体型分类，并根据不同胸型将罩杯标准化为杯形、三角形和锥形等。再然后，美国华纳（内衣）公司于 1935 年发布了第一组按字母排序的胸部尺寸标准，从 A 到 D 指代从小到大的罩杯型号。这一系统就是我们今天仍在使用的文胸尺寸标准系统（只不过当时大概没人想到，这组字母数字现在会发展到 F、FF，英国甚至已经达到 G 和 GG）。这样的分类为标准化批量生产提供了前提，可即使是有了从 AA 到 GG 这样细致的划分，现代文胸仍然无法满足每一个女性的个体要求。我就经常收到私信，说无论如何不能在市场上买到适合自己的文胸。我们的一些男性订货客户简直无法理解，为什么市场已经有如此铺天盖地数量的文胸可供选择，还会有人买不到适合自己的那一款？这就是身体的古怪所致吧，而且每个人有每个人不同的古怪。

在所有对文胸的贡献中，我认为纽约名媛 Mary Phelps Jacob 在 1914 年的发明最为重要，因为她对女性最为尊重。以前的文胸都是一片式，像方盒子一样，总是将两只本来各自独立的乳房挤压成一团。玛丽制作了第一款分别兜住两个乳房的文胸，虽然形状还说不上好看，最终也并未取得商业上的成功，但这是人类历史上第一次把两只胸脯分开来对待！这个发明便是后来胸垫能够出场（当然不止胸垫），以及后来胸垫的各种造型实现必不可少的前提。难怪她自己在晚年时曾写道："我不敢说（我的）文胸能得到像汽船发明那样伟大的历史地位，不过，我的确发明了它。"言外之意，她自认自己发明的文胸其价值可以比肩汽船发明。从女性受益角度讲，她的自誉毫不过分。当前面那些商家（他们大多是男性）都在想方设法将文胸设计"扁平"化时，只有身为女性的她注意到每只乳房都有差异。

胸垫跟钢圈一样，是最具历史意义的文胸辅料，它们一起改变了文胸的结构，更一起改变了女性胸脯的模样。钢圈的重要性不用讲了，2001年，美国市场共销售5亿只文胸，其中钢圈文胸占70%（3.5亿）。海绵垫一直以来却相当低调，虽然每个女性在成长过程中，或多或少地需要过它，受过它的保护和美化，它却似乎从来没有成为过热门话题。其实，对于文胸与身体的关系，它一直起着比钢圈更重要的作用，它的每一次变化都是身体本身的选择，更是女性意识的选择。

比如海绵模杯（molded cup）第一次出现时，多少女性为之着迷，被称为"魔杯"（Magic Cup）。连这个翻译都令人叫绝。它比钢圈更直截了当地增大了乳房效果，不但从未被找出任何影响健康的破绽，甚至还成为不对称胸型的福音。特别是做过乳腺手术的女性，因为知道余生有模杯可以选择而特别心安。不过渐渐地，随着女性的自觉，厚海绵垫开始被很多女人认为"虚假"而厌弃。先是胸垫开始变薄，逐渐地，形状开始变小。现在变得越来越小，即使是全罩杯的文胸，衬在布料下的胸垫可以只占罩杯的一半，我前天甚至看到仅仅能够遮点、悬在中间只占三分之一罩杯的杯垫设计，实在是奇巧。

上周，在北京接受某时尚杂志有关女性"胸部"主题的采访，记者问我在做设计时对女性的乳房会有什么跟别人不一样的感受，我想，大概就是每次在立体人台上画下胸垫的轮廓时，总是想让女性自己可以更多更直接地摸到自己的乳房，因此我的胸垫大小总是足以遮点即止，薄厚总是足以不凸点即止。我一直相信，能摸到有弹性的乳房（哪怕只是 A 杯）而不是僵死的海绵垫，会微妙地影响女人的心理健康。不知道你们注意过没有，很多女人，像习惯性地托腮一样，会经常下意识地用两只手托一托自己的两只乳房。真实感觉到这两团柔软物体的存在会让她们产生某种奇特的安全感。

那么，我们的胸脯是愿意被更厚的海绵垫遮盖，还是不愿意？它们是希望完全不想被暴露，还是更愿意有一点点凸点？凸点是丑陋的还是美的？为什么有的女人对凸点可以安之若素甚至沾沾自喜，而有的就特别不自在？如果像《古怪的身体》说的，"穿衣打扮都是人类对身体加工的行为"，那么胸垫对于凸点的遮掩，是让其更美了还是让其失去了吸引力？显然要回答这些问题不是那么容易，因为每个人看待胸脯的立场是那么不同。我在想，在未来的设计中，不如提供两副胸垫供女性选择。如果谁想要两倍于 2 mm 厚的垫子的话，就多付一元钱吧。

最后，让我再大声地说一遍，内衣不仅仅是文胸！

上周做采访前，编辑让我带上我新一季设计的内衣一起拍照。我告诉她，这一季我的设计以睡衣和家居为主，只有少量文胸和内裤套装。我还发给她我穿着这季家居睡衣在上海新里弄里拍摄的照片，她亦没有异议，坚持让我带上。于是我让助理打包十几件带到拍照现场，正在一件件悬挂时，编辑才说不要。原来我们之间出现了误会。她口中的"内衣"，专指文胸，她希望我可以穿着我的文胸设计出镜；可对于一个内衣设计师来说，"内衣"是所有穿在私密场景下的衣服，包括睡衣，包括家居服，当然也包括文胸和内裤。

所以，当说起内衣时，我们为什么不坦率地用"文胸"二字？而当我们说起胸垫时，就直接说它与乳房的关系最好吧。

2017 年 6 月
于上海长乐路租住房

20

我们需要这么昂贵的时装秀吗？

2018春夏时装周在纽约、伦敦、米兰、巴黎相继落下了帷幕。这个秋天，连我自己也赶着时装周的节奏，在成都做了自己第一场内衣秀。

团队将我们的首秀地点选在了一家书店里，秀场本是书店的一个讲座区域，原横长，经过布置变为竖长。不过我带着两个助理到书店时，发现都对另外一个角落情有独钟。另外这个角落是店内咖啡厅，狭长30多米，屋顶呈不规则圆拱形，大块的黑白色，反光的黑色地砖，一看就是从太空舱得来的设计灵感。与咖啡厅连通有三个不同的书区，还有一个发廊。我们想象模特穿着我们的内衣、家居服在里面左右穿梭，既能路过坐着喝咖啡或看书的人，也能路过正在享受理发的人，仿佛CHANEL 2014秋冬季秀场的那个杂货铺，身穿CHANEL的模特们推着购物车穿行过道中。近些年来，有不少设计师致力于模糊 T 台与日常生活的界限，我们既然选择在书店首秀，何不就也再出格一点？

说到出格，现在似乎已经是走秀的标准配置了，不出格不足以言时尚。

近几年纽约时装周上，只有给年轻设计师出道的中心秀场，以及像 Ralph Lauren 这样顽固老派的设计师还真的在走 T 字台，有足够财力的品牌自己找的场地，T 台早就只是一个称呼而已。越来越多的知名设计师都把秀场设置成奇特、夸张甚至戏剧化的场景。比如 Dior 2005 年秋冬高定秀场，竟被 John Galliano 弄成个墓地。CHANEL 2008 秋冬秀场，老佛爷卡尔拉格斐用放大了的 CHANEL 包和鞋做了一台镶满珍珠的圆形旋转木马。

Dior 2005 年秋冬高定秀场的墓地背景

2013 年 Marc by Marc Jacobs 在曼哈顿东河 36 号码头的方形场地，如果不从空中俯瞰，恐怕都搞不明白其曲里拐弯的路线是怎么回事。十几位纤若细柳的模特，踩着那样的恨天高，每出来一次要比普通笔直 T 台多走好几十秒的路，劳务费肯定也会相应提高一些吧。在这些出格的设计师中，老佛爷肯定是最极端的那个，而且一再刷新着自己的极端水平。过去几年里，他的秀场除了是杂货铺和旋转木马，还曾是机场候机厅、导弹发射基地，为引起大家对地球变暖现象的关注，甚至从瑞典运来一座 265 吨重的冰山。最最奢华的，当属 2007 年他在北京长城为 Fendi 做的大秀，从世界各地空运来 500 位 VIP 嘉宾，共同见证古老长城与现代时尚的美妙结合。那一幕真是令人难忘。

为什么我们如此热衷于把自己的作品用秀的形式展现给公众？

对新出道的设计师而言，想成为这个庞大工业的一部分，而且是重要的一部分，让公众知道我们的存在，甚至当场就能拿到订单，大概是最传统的愿望。

时装秀最早出现的目的就是如此。20 世纪初前后，在没有 iPhone、没有卡戴珊姐妹，也没有微信朋友圈的时代，时装秀不过就是小范围的市场推广工具，非正式

的模特随意地在时装屋里走走，为数不多的客户一边呷着茶，一边咬着一口食观看，最后掏钱买下时装屋最新季产品中令其心仪的那一件。

如今，时装秀的模样变了，预算成本也显然比过去高了很多；可举办一场预算昂贵的时装秀的目的却变得越来越模糊不清：是为谋利？为艺术？还是为社交？似乎都是又都不是。

传统上，T台展示的衣服应该在当场就被卖掉，卖得越多秀就会被认为越成功。可现在的时装周似乎不用担此重任了，所展示的都是六个月以后才能进入店铺销售的设计，模特们在T台上穿的衣服很多都是未完成品，而且并不需要它们六个月以后一定出现在店铺里。1995年8月首次亮相的维秘内衣秀，经2001年首次电视转播后，已是全球电视观众最多的节目（如果不是之一的话）。不过越来越多的人发现，最大的反讽是越来越热闹的维秘内衣秀现在跟内衣越来越没关系了。秀本身虽然展示的仍是内衣，可两者之间的关系跟百货公司布置的灯光、酒店房间布置的地毯一样。产品除了花里胡哨的色彩，设计毫无亮点，既不多元也没创意，还有大量重复，而且在秀上出现的最漂亮的款式最后都根本不出现在其店铺里或网站上。那么举办这样一场成本不菲的秀的目的究竟是什么？而且无论设计师们的年纪有多大，都对这样的秀乐此不疲，年复一年，一年两季，一个比一个更奢靡，更出格，更容易被贴上 Instagram。设计师和品牌到底从秀中得到了些什么？

毫无疑问，最大的收获是曝光度。

没有曝光度的时尚便不成其为时尚，这早已是混迹时尚界人人心知肚明的法则。"二战"以后，因为种种丑闻，本来已被欧洲抛弃的 CHANEL，就仗着越洋美国的曝光才得以在欧洲本土复活，重新成为时尚领袖；而且因为其在时尚领域的良性曝光，"二战"时期的劣迹竟渐渐被人遗忘，现在谁提起 CHANEL，恐怕都只知其"时尚教母"的名声了吧。

时装秀的每一次改变，从"一战"前的欧洲高订设计屋的私密秀，到"二战"期间美国百货公司为自己旗下品牌举办的集体秀，再到七八十年代设计师们开始举办自己独立的时装秀，无一不是为增加曝光度而做。Kenzo 于 1973 年首次把成衣秀放在舞台上，观看人数比一般的猫步 T 台多出了数倍。Thierry Mugler 1984 年在巴黎 Zenith 体育场举办过一场 T 台盛会，观众多达 6000 人，而且卖出了一半的票。

"二战"前后直到 20 世纪 70 年代，时装秀的曝光一直以纸媒为主，最早的时装周就叫"媒体周"，新闻记者绝对是坐头排的嘉宾。我看到过一批 50 年代时装秀的照片，发现有意思的是，坐在 T 台下的观众既可以远观，还可亵玩，就是说既可以看，也可以让模特中途停下来摸一摸。摸的自然是衣服的质地和质量。这简直是纸媒时代的福利。这张照片一经纸媒传播，这个品牌经得起推敲的名声就能迅速树立并传播。

不过，纸媒的传播即使曾经再风光无限，与如今多媒体和新媒体的曝光力相比，终究是小巫；与如今的曝光方式比，也过于单一。今天，随着科技的进步，人们甚至都不必坐到秀场里就能看到秀，任何人都可以通过网站看到现场直播，甚至通过社交软件就可以看到从来秘不示人的后台细节，T 台秀自然要为这种新传播方式做出改变。从某个角度讲，现在的时装秀更多是为"观"，而且只剩下观的份。影像传播的要求是，衣服不用多完美，视觉效果好就是真理。秀本身好看和品牌形象好变得比衣服重要得多，如何让品牌形象在影像上看着美观，在一众新闻中脱颖而出，即俗话说的"抓眼球"，成了公关部门的重中之重。一些品牌秀出的衣服，原本可能因为种种原因已经被设计师扔进了垃圾桶，却又被秀的策划人捡起来使用，原因就是其虽"不好穿"却"好看"。这就是现在时装秀越来越出格的原因，越是高端品牌的设计师越有财力热衷于办一场"与众不同"的大秀，预算节节升高，才华不断突破。对设计师而言，完成新一季衣服的设计不算完，完成一场大秀的设计才是真正的完成。有人甚至大胆预测，未来，可能秀场都会变得多余，搞一场视觉时装秀就足够了。

不过，在那一天到来之前，时装秀还是时装工业和时装爱好者的嘉年华。而有现场时装秀，就仍然会有坐头排的欲望，就有主办者为安排头排绞尽脑汁的烦恼。

自从"二战"结束后，时装秀变得严肃起来，开始有对地点的讲究，比如高级酒店或设计师沙龙；时间也要提早确定并公开，20世纪70年代美国首次确定一年两次的"时装周"模式，其他国家紧随其后，米兰于1975年、巴黎于1984年分别开始了自己的时装周；模特们也开始接受姿态训练，不再像从前那样非正式地随意走几步；而观众也被安排坐下。就从坐下的那一刻起，头排就成了敏感问题。最初是有名的记者被安排坐在头排，零售买手和潜在客户散开就座。可是谁有名，谁比谁更有名，由谁来判断，判断得是否准确，随着时装秀的影响越来越广，在时装工业里起的作用越来越大，为此的明争暗斗越来越激烈，头排的明喻和隐喻意义也就越来越强烈。现在世界各地的时装秀，越来越像一场名流秀，来拍明星的比看衣服的多，乐等八卦的比研究设计的多。

自从有了时尚流量博主，名流的人数更大大增加，因此头排愈发抢手。原先 A 区头排座位一直被 Vogue 杂志主编安娜温图尔此等人物霸占，别人自是没话说；可坐在她身边或离她稍远点的人就非得讲究一番了。2007 年，请一位像前阿汤嫂 Katie Holmes 这样的名人坐到时装秀头排的费用是 5 万美金，现在有些自诩的名流不给钱也要蹭秀的热度。如何平衡 ABCD 各区的头排，让每一个自我感觉是名流的人都能得到应有的待遇，常常是主办方最伤脑筋的问题。连我们这次成都秀都不例外，座位上要不要写有头脸的名字，写谁不写谁，也是经过了一番详细的讨论的。

因此，增加头排座位，也是秀场形式发生重大改变的动机之一。比如前面提到的 Marc by Marc Jacobs 秀，把笔直 T 台改为多重迂回蜿蜒的，很明显，头排的座位就能增加几倍。Gwyneth Paltrow 和 Reese Whitherspoon 只要坐在安娜温图尔身边，那个地方即使不是传统意义上的 A 区，也没那么要紧了。

我的纽约设计师朋友茱莉亚曾说，"如果你想知道你在生活中的位置，去看一场时装秀吧，美国的企业准能明白无误地告诉你：你该站（或坐）在阶梯的第几层。"

现在的时装秀，明着看是在破除这种势利，实则更为势利了。

纵观时装秀的历史，T台形式，包括布景、音乐、主题看似发生了各种巨大变化，但其实万变不离其宗，仍是抱有一个目的：如何更好地向潜在客户展示设计师最新的时装产品线。这个目的非常传统，跟这个工业一样。唯一的变化，如果确实存在的话，就是最开始的作秀，设计师的目的是为当场把衣服卖出去，而现在，这个目的变得不那么明显了。有了互联网，时装秀的效果可能不再需要当场兑现，而是可以等着慢慢发酵，通过各种后续途径辐射到更广泛的人群。想从一场秀得到切实和具体的订单，可以说既不那么现实，也不那么必要了。

　　不过，这样的发酵方式对设计师和品牌的要求会更高。因为互联网的便利，观众更容易拿历史和现实做比较，没有好作品，或者设计只有重复没有创新，观众一目了然。比如维密，假如再这样只用虚假的繁荣糊弄一场大秀，没有实打实的好产品，或者实际店铺销售内容与舞台距离越来越远的话，终将是十分危险的事。因为，时装秀原先是工业里少数人的事，现在是全球人的事了。

2017 年 11 月
于上海瑞金二路工作室

21

"NO，我不走内衣秀"：

一篇还有很多问题没有答案的文章 ————

10 月 14 日下午，我在成都"言几又"书店做了自己的第一场内衣秀。

秀场是书店的一个活动区域，T 台不标准，从上场门到后台换衣间也不便利，是条长约 20 米的通道，且呈 L 型。

我们的秀持续了 14 分钟，比纽约时装周的平均 10 分钟还要长 4 分钟。在这 14 分钟里，我一直站在 L 的拐点上，看着模特们从上场门优雅走下来，一过门就脱衣服，几乎都脱到只粘着乳贴跑入试衣间，再从试衣间换好衣服跑出来，跑过我的面前，跑到上场门口能有几秒站定才敢调匀呼吸。这是整场秀我看的最多的画面，也是最让我感动的画面。

可能不大有人知道，在中国，愿意走内衣秀的模特少得可怜。头一天彩排，陪着一个模特来的女朋友看上去更漂亮些，我问她你也是模特吗？她说是，可是："对不起，我不走内衣。"

这是这一二年来我碰过的无数次壁之一，也是这次走秀承办团队遇到的挑战之一。不仅是走秀，为拍平面图碰的壁还更多些。

很多人听我这么说大为吃惊。大概是看多了"维密"超模的宣传，以为成为内衣模特应该是每个女孩子梦寐以求的人生目标才对；或者"那么漂亮的设计，怎么会有人不愿意穿呢？"

穿，自然是愿意穿的，可怎么穿，为什么穿，穿给自己还是穿给别人，就有了很多的心里曲折。

我第一次为自己的一个睡衣系列在国内选平面模特是 2013 年。根据设计风格和我个人偏好，想找非专业的素人，于是找到两所高校的模特队或舞蹈队，一是我的母校北外，一是北大。最终，北大约到了两个学生见面，而一向被认为开放的北外竟然连一个愿意让我看一眼的都没有，只因为她们听说是内衣。老师的解释是，她们以后毕竟还要结婚嘛。

"可是，这跟结婚有什么关系呢？"

第一次听到这样的回绝理由我也同样吃惊，因为十多年前在美国内衣公司工作的际遇与此实在不同。那时候无论是申请为我们拍平面的模特还是在展会上站台的模特（多是兼职的在校学生），如果被选中，多少是有些骄傲的，因为内衣对模特的要求比成衣高很多。那时也从未听说过被男友反对的事，相反，我碰到过的一个最极端的例子是，在里昂内衣展会上为我们站台的一位在巴黎读书的俄罗斯姑娘，有个身为外科医生的法国男友，为了成全她想当内衣模特的愿望，亲自为她做了隆胸手术。大概因为这样的故事听得多了，在我心里，做内衣模特一直是一件可以大方与人分享的快乐事。

时隔四年，国内的情形似乎没有太大改变。今年春，我再拍产品平面图，经过多次反复沟通确定了一位刚从一流大学毕业的学生。可正式开拍那天，她已经到了拍摄场地，最后趁着另一个模特化妆的空隙，还是悄然走掉了。另外接触过的几个女孩子，本来也都已兴奋地应承下，结果还是婉拒，原因是回家跟男友或丈夫一说，他们不同意。

如果能跟这些女孩子说上话，我都会说我可以站在她们的丈夫或男友的立场，不喜欢自己女人的身体被别人看到（虽然心里实际在大叫：维密大秀他们恐怕并没少看吧，否则怎么知道内衣模特是怎么回事？！）；可我总还是要跟她们抢白一句，拍内衣照其实是穿着内衣的，别人能看到的不过是可以暴露的部分身体，你们的男人们是不是都把拍内衣照等同于拍裸照了？他们在看维密大秀时就是这么想的吧？而你们为什么也无力反驳这样的看法？即便就是裸照，拍不拍不是也该由你自己说了算？

"跟我走吧！你是我的。"

"为什么？"

"因为我爱你！"

这样的对话出现在很多文艺作品里，我们一点不陌生。"你是我的"恐怕是男人们曾经说过的最打动女人的情话，在女子没有自己可以支配的钱财的时代，也曾是让她们感觉安全的甜言蜜语。"你是我的"，自然"你的身体也是我的"。不过，他爱我，我就应该属于他吗？一些先锋女性早就对此提出了挑战。1792年就写了著名的《女权辩护》一书的英国女作家玛丽·沃斯通克拉夫特，虽然被誉为女权先驱，也曾因感情纠纷多次自杀，最后一次跳泰晤士河被人救起后，她宣称自己对自己（这一毁灭身体的选择）负责。波伏娃在1927年发表宣言"我绝不让我的生命屈从于他人的意志"，意志不屈从，她的身体也不，像生孩子这种需要而且只能动用女人身体的事，她就予以了断然拒绝。随着女人开始出门工作、经济独立，标榜"我是我自己的"人多了起来，我都是我自己的了，我的身体当然也是我的，这也是女模特渐渐成为热门职业的基础。不过，虽然经历了漫长的女性解放至女权至上的过程，"你是我的"这句话似乎一直还是抹在女人心尖的蜜糖，甚至在金钱与权力变得界限模糊的今天，"你不但是我的，你只能是我的"的男性霸道又开始变得让女人受用起来，否则就不会有前几年《五十度灰》这么三观不正的作品的爆红了。"他爱我，我就应该属于他吗"，这个曾经已经被断然否定的问题，若是让今天我碰到的这些女孩子回答，她们多半会犹豫着难以决断。在答应拍照的一瞬间，她们应该本能地觉得我可以做我身体的主；可最后一刻的拒绝，应该还是同意了身体至少部分是他的，即便那个他可能尚不存在，但她相信早晚会存在，所以她得提前为他做好准备。

我的身体竟然属于一个只是有可能存在的男人？让她们担忧的究竟是什么？

时至今日仍有这么多女性在身体这个个人属性异常明确的事情上如此在乎男性的看法，尤其是这些女性都有相当高的学历，这是最让我吃惊的。为什么她们觉得现在拍了穿内衣的照片，就像留了案底，未来就有可能嫁不出去？对于这些问题，我实在还没找到合理的答案，希望看到这篇文章的女性帮我一起寻找。看来内衣要想像餐桌上的豆浆油条那样成为日常文化，而不是情色的代名词，女人的身体要想真正属于女人自己，恐怕还有很长很容易反复的一段路要走。

女孩子不肯做内衣模特，当然还有另外一个非常实际的原因，就是内衣对身体的要求真的很高，而东方女子一贯比较谦虚，总是认为自己身体不够完美因而羞于展示。我猜想，有些女孩子拒绝我，很可能是她们回到家脱了衣服，对着镜子前前后后打量过自己后才做出放弃的决定的。

比起西方女性，我们的确普遍对身体的天然状况缺乏自信。别的不讲，在欧美大众内衣市场上（比如一般的百货公司，而非内衣精品店），我们看到的文胸，既有带海绵垫的，也有不戴任何杯垫、薄薄单层的；可在国内内衣大众市场上甚至知名内衣品牌店铺里看到的，几乎全都是加了超厚棉垫的塑身文胸，而且越往南走，女性体型越偏瘦小，模杯却越大，杯垫越厚，完全掩盖了原本自然的胸部轮廓。是什么让我们不能坦然接受自己身体的曲线？真会有女性觉得被模杯文胸推得波涛汹涌的胸型美吗？她们穿着这样的文胸真的舒服吗？

这次我们在成都走秀，还遇到一个更为尴尬的状况。

之前因为一直由协办团队帮忙协调，等我飞到成都跟模特彩排时才发现，除了一对胸脯及格，其他几个的模特卡普遍虚报了胸围尺寸，或者说报的是贴了加厚乳贴的尺寸。其时我们已根本来不及更换模特，只能想各种办法补救。抛开经纪公司的不作为应该被谴责之外，我最想知道的是，为什么模特们不能诚实申报自己的胸围尺寸？而且都普遍报大？大就是美的标准吗？

内衣对模特的要求有硬性的，也有软性的。首先，所有文胸的打样样衣都是34B（75B），模特就必须有这个标准胸围硬件。我在美国合作过的内衣模特，尤其是基本的试衣模特，无一例外都是34B。这些胸有天生的，当然也有后天改善的，总之她们要做这一行，就一定会预先把胸尺码备好。（现在想来这真是敬业！）除了胸，理想地说，内衣模特还不能有一点肚腩，胳膊上不能有一丝赘肉，大腿要结实，小腿要纤细，膝盖要足够顺直，脚踝跟腱要足够挺拔；如果是平面模特，还要有修长的手指，顺眼的脸蛋，甚至讨喜的肚脐眼等等经得起用放大镜挑剔的老天赏赐……

可是，这世上哪有如此十全十美的美人儿？每个人都是带着天生的缺陷入世的，我们觉得十全十美的人，都是用了别的方法弥补了缺陷，或者因为别的东西让我们完全屏蔽了他们的缺陷。这个能弥补的东西，不是别的，多半是她的面貌。所谓人是因为可爱才美，而非美才可爱。

这个面貌是什么？首先便是自信。自信来自哪里？对于模特来讲，当然首先是身体。

中国女性在 30 岁以后还能有自信出来做内衣模特的寥寥无几，而德国超模海蒂·克鲁姆走最后一场维密秀时已 37 岁。之后，她在 41 岁时创建自己的内衣品牌，43、44 岁还能穿着吊带超短裙或紧身连体衣混在一群嫩模中主持自己品牌的发布会，那一身漂亮的肌肉、完美无瑕的腿部线条，叫人不得不由衷赞叹。

还有曾经引领一代颓废之风的超模凯特·摩斯，到今年 43 岁"高龄"仍然敢穿吊带小背心、露着大半只乳房登上时尚杂志。

固然，西方文化对女性年龄持更开放和宽容的态度，法国男人就认为自己女人的最美时刻是中年以后。在美国生活二十年，我从来没被问过年龄，连试探的问也不曾遇到过。不过对于这些超模们来说，年龄肯定是比一般人敏感的问题，但她们太知道身体是本钱，因此为之付出的努力也是常人难以想象的。别以为凯特摩斯吸毒、颓废就不用健身，她生了孩子以后还能有张紧绷绷的肚皮，肚皮上还能有几块明显的腹肌是怎么来的？而中国女模们却普遍是最少健身的一群，她们大多仗着天生底子好。这个底子18岁没问题，一过25，皮肤就一目了然地松垮了下来。

有什么样对待身体的态度其实就有什么样对待世界的态度。

作为模特，海蒂骨架大，略显丰腴，并不符合她那个时代对模特的审美标准。但她硬是征服了全世界，成了维密霸台时间最长的天使模特。靠的是什么？除了对身体的自信，还有她对自己头脑的自信。《欲望都市》里有一集海蒂客串演出她自己本人，一走上T台，整个舞台仿佛就属于她一个人了，在亿万观众的瞩目下，她眼睛眨也不眨一下地迈过摔倒在她面前的凯莉，就像迈过一堆没有任何意义的障碍物。说到底，海蒂更大的本钱是她这种坚韧的性格和有智慧的头脑，做模特时她就曾登顶福布斯"最会赚钱超模榜"，后来主持策划的真人秀节目"Project Runway"，给无数憧憬时尚的女孩子们制造了做梦的可能。

内衣是最能展示一个人本质气质的衣服，因为遮盖少，便无从伪装，脱下外衣的一瞬别人看到的就是你对待生活的态度：是认真、持之以恒的毅力，还是懒惰、松懈，对自我毫无约束？这也许也是我们很多女孩子不愿意穿内衣给别人看的原因，因为我们不敢让人看的，其实是自己的本性。早有人跟我说过，在大陆敢接内衣拍摄或走秀的女孩儿，都得有着"混不吝"的性格，不能太用脑子，否则就没胆量做这一行了。我最终用到的几个模特似乎也的确如此。可是只是"混不吝"是不够的，这样的女孩子似乎就总会跟我们的设计隔着点什么。是什么？想来就是那一点对于自己职业有意识的热爱和专注，以及高于只是走走台、趁青春赚点钱而已的精神。

曾经请过中芭的三位女演员帮我们拍过一组内衣大片，她们单纯、敬业，对身体既敏感又坦诚，真是我见过的最美丽的女子。

你愿意做这样的女子吗？请留言告诉我。

2017 月 12 月 5 日
于上海瑞金二路工作室

图书在版编目（CIP）数据

各色 / 于晓丹著 . -- 重庆：重庆大学出版社，
2018.10
（时尚文化丛书）
ISBN 978-7-5689-1067-5

Ⅰ . ①各… Ⅱ . ①于… Ⅲ . ①随笔 - 作品集 - 中国 -
当代 Ⅳ . ① I267.1
中国版本图书馆 CIP 数据核字 (2018) 第 080576 号

各色　GESE

责任编辑：王思楠
责任校对：刘志刚
责任印制：张　策
装帧设计：鲁明静
内文制作：王吉辰

重庆大学出版社出版发行
出版人：易树平
社址：（401331）重庆市沙坪坝区大学城西路 21 号
网址：http://www.cqup.com.cn
印刷：北京地大彩印有限公司

开本：890mm×1240mm　1/ 32　印张：6.75　字数：115 千字
2018 年 10 月第 1 版　2018 年 10 月第 1 次印刷
ISBN 978-7-5689-1067-5　　定价：52 . 00 元